D1560305

LE TOUR D'ÉCROU

HENRY JAMES

Le Tour d'écrou

PRÉFACE, NOTES, ET TRADUCTION
DE MONIQUE NEMER

LE LIVRE DE POCHE
Classiques

Agrégée de lettres modernes, professeur émérite de littérature comparée à l'université de Caen, Monique Nemer est également éditrice et écrivain. Elle a publié de nombreux ouvrages sur *Raymond Radiguet* (Fayard, 2002) et, parmi d'autres travaux, *Corydon Citoyen, Essai sur André Gide et l'homosexualité* (Gallimard, 2006).

Couverture : G. Boldini, *Les deux enfants*, coll. privée (© Giraudon/Bridgeman).

© Librairie Générale Française, 2014, pour la présente édition.
ISBN : 978-2-253-08929-2

PRÉFACE

Du *Tour d'écrou*, Oscar Wilde disait que c'était « *a venimous little tale* »... Ô combien ! Un venin dont on n'a cessé de tenter d'inventorier les ingrédients. Peu d'ouvrages ont en effet suscité un tel nombre d'analyses sur une aussi longue période, fait l'objet de tant d'approches – moralistes, sociologiques et, bien sûr, freudiennes ou lacaniennes – pour un texte somme toute assez court, d'abord publié en feuilleton dans le *Collier's Weekly*, du 27 janvier au 2 avril 1898, et se présentant comme le « divertissement » d'un soir de Noël où la tradition voulait que l'on racontât des histoires de fantômes.

Le moins que l'on puisse dire est que James va se jouer de ce code... Car que raconte *Le Tour d'écrou* ? L'histoire de deux enfants que viennent hanter, sous les yeux désespérés de leur gouvernante impuissante, les fantômes de serviteurs dépravés se jouant de leur innocence envoûtée ? Ou, plus sombrement encore, l'histoire d'une jeune femme qu'un mélange d'éducation rigoriste et de vagues rêveries sentimentales mène à la névrose hallucinatoire, et que l'obsession du mal conduit à un délire meurtrier ? Histoire de fantômes, donc, ou histoire de fantasmes ? La critique, depuis plus d'un siècle, en discute âprement.

Ce brouillage est soigneusement mis en place par

James dès le prologue du récit. Il l'aurait reçu des mains d'un ami, Douglas, aujourd'hui mort, qui le tenait lui-même de sa principale protagoniste, devenue l'institutrice de sa sœur. Laquelle, après le lui avoir conté, l'avait retranscrit – et était elle-même morte. C'est dire que, d'entrée de jeu, la « réalité » de l'histoire est à la fois avérée par la narratrice qui l'assume, et mise à distance par l'étalement temporel qui sépare les « faits » de leur recension, permettant à celle qui l'écrit un certain regard de surplomb, quelques propositions interprétatives – autant de pistes, et de fausses pistes, suggérées au lecteur…

Fiction dans la fiction, bien sûr, que ce prologue, mais dont il ne faut pas méconnaître l'importante fonction littéraire : Henry James y balise ce qu'il exhibera et cachera, dans ce récit, de son rôle d'auteur. D'abord, ce n'est évidemment pas un hasard si la situation dans laquelle Douglas reçoit le récit des événements reproduit à grands traits, mais en version idyllique, celle du passé, telle qu'un Miles – un des deux élèves de la jeune institutrice –, désormais étudiant à Cambridge, aurait pu la vivre : « C'était une personne vraiment délicieuse, mais elle était de dix ans mon aînée. C'était l'institutrice de ma sœur […]. La plus agréable des femmes de sa condition que j'aie jamais connue ; elle aurait d'ailleurs été digne de tout autre état. […] pendant ses heures de liberté, nous eûmes bien des conversations lors de nos promenades dans le jardin, conversations où elle m'apparaissait bigrement intelligente et charmante. Mais oui, ne ricanez pas : je l'aimais beaucoup et je suis heureux, aujourd'hui encore, de penser qu'elle aussi m'aimait beaucoup. » Au reste, cet aspect retient, plus que la dimension

d'« épouvantable… épouvante » annoncée, l'attention
des futurs auditeurs, dont la frivolité sera pour le moins
frustrée.

Car, semble dire James, ceci est l'histoire *que vous
ne lirez pas*. Et sa réappropriation est nettement signifiée dans ce même prologue, injustement négligé dans
de nombreuses études critiques, où il figure en pré-
narrateur infiniment discret, mais pourtant indiscutable
détenteur de l'autorité – « Vous, vous comprendrez »,
lui dit Douglas, le faisant quasi-dédicataire du récit.
Prise de pouvoir confirmée, après la réponse négative
du même à une question concernant le titre, par un :
« "Oh, moi, j'en ai un !" dis-je. » Et suit immédiatement : « Douglas, sans me regarder, avait commencé
sa lecture d'une belle voix claire, qui était comme la
transcription, pour l'oreille, de l'élégante écriture de
l'auteur. »

Certes, il y a dans ce texte, une « voix », une « écriture » – aux sens littéraires de ces mots – familières
aux lecteurs de Henry James. Et surtout, la mise en
place d'une redoutable stratégie narrative. Mais pour
quelle finalité ? Pour quel enjeu de sens ? Et se jouant
sur quelle « scène » ? Celle du prétendu réel ? Du fantastique ? Sur « l'autre scène », fantasmatique ? Ou
celle de la virtuosité littéraire ?

Du style, on a pu donner comme définition : « *a
deceived expectation* » – « une attente trompée ». De
fait, celle du lecteur le sera de bien des manières, pas
toujours flatteuses pour son narcissisme. Car si un
miroir en pied trône dans la chambre de la jeune institutrice, force sera de constater qu'il reflétera bien peu

d'elle, mais beaucoup de ceux qui s'appliqueront à décrypter sa « terrible expérience ».

Ainsi, *Le Tour d'écrou* procède par une série de non-dits, de lacunes ou d'impasses narratives : des turpitudes passées de Quint et de Miss Jessel, les valet et institutrice naguère envoyés à Bly par le tuteur des enfants, Miles et Flora, on ne saura strictement rien – hormis, non sans ironie, l'allusion à une intrigue rebattue de feuilleton populaire du genre « séduite et abandonnée ». Le piège à fantasmes – ceux du lecteur – n'en est que d'une plus redoutable efficacité. La manière dont se déroule l'échange le plus long à ce sujet entre l'institutrice et Mrs Grose, l'intendante de Bly, laisse d'abord penser que la première va enfin livrer ses effroyables suspicions : « […] je continuai : "En tout cas, pendant qu'il était avec l'homme… — Mademoiselle Flora était avec la femme. Cela leur convenait à tous !" Cela ne me convenait à moi aussi, pensai-je, que trop bien ; je veux dire par là que cela s'accordait parfaitement à la singulière et mortelle idée que je m'interdisais d'entretenir. » Attente trompée : « Mais je réussis si bien à réfréner l'expression de cette idée que, pour l'heure, je ne donnerai pas plus d'éclaircissement que ce qui se peut déduire de la mention de la dernière remarque que je fis à Mrs Grose : "Son mensonge et son impudence sont, je l'avoue, des symptômes moins engageants que je ne l'escomptais de la manifestation en lui de l'humaine nature." » Constat d'une frustrante platitude que viendront immanquablement compenser les imaginations du lecteur, comme en témoignent les indignations qui accueillirent la publication du récit, et qui furent légion. Celle que publia *The Independent* le 3 janvier 1899 est sans doute l'une des plus intéressantes, non pour sa véhémence, mais pour l'aveu que, bien inconsciemment, elle fait de l'efficacité de la stratégie de Henry James : « *Le Tour d'écrou* est l'histoire la plus irrémédiablement dépravée que nous ayons jamais lue dans la littérature ancienne et moderne. Que Mr James […] ait pu décider de présenter une telle étude de l'infernale débauche humaine – car il ne s'agit de rien d'autre – reste inexplicable. […] Cette étude inspire au lecteur un dégoût inexprimable. On a le sentiment, après la lecture de cette horrible histoire, d'avoir soi-même aidé à infliger un outrage à la plus sainte et la plus douce fontaine de l'innocence humaine, d'avoir soi-même contribué, ne serait-ce qu'en y assistant de manière impuissante, à corrompre la nature confiante et pure des enfants. » On sourirait presque de la naïveté avec laquelle le critique de *The Independent* décrit le piège tendu par James. Car si on défie bien quiconque de trouver dans le texte la moindre « étude de l'infernale débauche humaine », réelle ou même fantasmée, ce « sentiment […] d'avoir soi-même aidé à infliger un outrage à la plus sainte et la plus douce fontaine de l'innocence humaine, d'avoir soi-même contribué » à cette « histoire […] dépravée », est parfaitement justifié. À ceci près que le lecteur est loin d'en être un spectateur « impuissant », mais est, au contraire, son principal artisan.

En effet, on l'a vu, de ces rencontres occultes des enfants et des « fantômes » qui hantent la jeune institutrice, on ne saura pas même ce qu'elle s'en représente… Selon une vraisemblance que ne manque pas de souligner James, rappelant la rigueur de ses lectures dans le presbytère familial, elle n'a sans doute comme inventaire du « mal » que ce qu'en disent les manuels de pénitence, qui, on le sait, sont fort vagues sur les « péchés de la chair ». Et l'ambiguïté, l'ellipse, puis le silence prennent le pouvoir sur le récit. Alors que son prologue avait occupé deux chapitres mêlant à dessein les temps et les voix, l'issue tragique sur laquelle il se clôt ne reçoit pas le moindre commentaire. Cela « s'arrête » – *stopped* est le dernier mot avant le point final. Dans sa préface à l'édition de New York, James s'explique sur ce refus de décrire les visions qui assaillent la gouvernante : « L'essence même de toute cette affaire étant les motivations infâmes des créatures prédatrices ainsi évoquées, elle serait méprisable si cet élément de mal n'était que faiblement ou stupidement suggéré. Ainsi apparut le vif intérêt que représenterait la possibilité de suggérer et de traduire la menace de l'ombre. » Tel serait donc le « sujet » du *Tour d'écrou*. Une sorte de « troisième degré »… Non pas le mal auquel le monde est confronté. Pas même l'ombre portée de ce mal qui en obscurcirait la beauté originelle. Mais la perpétuelle *menace* de cette ombre, d'autant plus angoissante qu'elle est insaisissable, indicible. Une gageure soulignée par la « narratrice » des événements de Bly, mais qui apparaît comme un commentaire de James lui-même : « […] quand je me remémore comment les choses se déroulèrent, je mesure tout l'art qu'il me faut aujourd'hui déployer pour rendre l'ensemble à peu près intelligible. Ce qui me stupéfie rétrospectivement, c'est d'avoir accepté une pareille situation. »

Même si le jeu et l'enjeu littéraires sont essentiels dans *Le Tour d'écrou*, le récit n'en développe pas moins

une certaine vision du « mal ». Pour Henry James, deux
éléments détruisent l'harmonie idéale du monde : la
sexualité et les hiérarchies sociales. La sexualité quelle
qu'elle soit. On a épilogué à perte de vue sur celle de
James. On ne lui connaît aucune liaison, féminine
ou masculine. Quant à une homosexualité cachée ou
refoulée, parfois évoquée, rien ne permet d'en faire
sérieusement l'hypothèse, sinon « par défaut », pourrait-on dire. James semble tout simplement indifférent
au désir sexuel – ce sera le thème de *La Bête dans la
jungle*. Il est d'ailleurs curieux de voir que cette suggestion se heurte à plus de réticences que l'évocation
– ou plutôt l'insinuation – de prétendues « perver-
sités ». Comme si les structures morales, et sociales,
étaient plus gravement mises en péril par cette indifférence même que par leur transgression. Ainsi, Peter
Quint et Miss Jessel seraient moins des fantômes, bien
sûr, et même des fantasmes, que, exacerbées dans le
huis-clos de Bly, les « ombres portées » d'une fonda-
mentale faillite du monde : son obsession du classement
par genres sexués, par conditions sociales, au risque
d'engendrer, sous prétexte d'ordre, un désordre radical
et mortel. Dans *L'Art du roman*, James définit *Le Tour
d'écrou* comme « une excursion dans le chaos ». Un
homme, une femme, l'un et l'autre ayant transgressé
leur « condition », comme le souligne cette parfaite
représentante des conventions qu'est Mrs Grose, et « le
chaos » est potentiellement là… Peu importent les actes
en eux-mêmes, semble-t-il dire : inutile donc de les
décrire. La faute originelle est en amont, dans l'accep-
tation des clivages, dans l'acharnement à émietter le
monde dans des particularités. De ce point de vue, *Le
Tour d'écrou* est sans ambiguïté : la faille décisive dans

l'univers homogène – et uniformément « *charming* » – symbolisé par l'enfance se produit lors de l'irruption, au sens propre, de la voix singulière de Miles revendiquant son genre (« quand même, je suis un garçon, n'est-ce pas, qui… disons, grandit… ») et son statut social. Il suffit d'un pronom possessif (« Je veux vivre avec mes semblables ») pour que le monde sans aspérités ni conflits rêvé par la jeune institutrice exhibe sa mystification et la rejette dans sa radicale différence.

« Une histoire ténébreuse », d'une « mélancolie morbide », ont dit, en leur temps, les critiques les plus acquis à James… Certes, le récit est noir, mais demeure d'abord le plaisir de sa jubilatoire virtuosité. Jubilatoire, et aussi frustrante. Parce que toutes les interprétations laissent subsister un interstice, un écart, une alternative. Mais le lecteur n'avait-il pas été prévenu ? Encore dans le prologue, à une question posée par une future auditrice sur l'histoire attendue, le James prétendument présent à la soirée avait déclaré : « L'histoire le dira », ce qui lui avait valu cette réplique de Douglas : « Justement, l'histoire ne le dira pas. Du moins pas d'une façon trivialement explicite. — Quel « dommage ! » avait alors rétorqué son interlocutrice, « il n'y a que comme cela que je comprends. » Osera-t-on convenir que, parfois, on se prend à envier la naïve franchise de cet aveu ? Peine perdue : entre le texte et ses possibles sens, il y a toujours place pour un tour d'écrou de plus.

Monique NEMER.

NOTE SUR LA TRADUCTION

Jorge Luis Borges avait intitulé une de ses nouvelles proposant une métaphore de la littérature « Le jardin aux sentiers qui bifurquent ». Définition qui, on l'a vu, conviendrait fort bien au *Tour d'écrou*. Il importait donc, dans sa traduction, de respecter les « signaux » indiquant une possible « bifurcation », une alternative d'interprétation. Il s'agit souvent de références littéraires – Shakespeare, avec *Hamlet*, *Richard III* ou *Macbeth*, mais aussi *Jane Eyre*, voire les romans « gothiques » de la fin du XVIIIe siècle, sont très présents dans ce texte. Si les personnages et les situations sont facilement identifiables par un lecteur anglais, ils le sont évidemment moins pour un lecteur français : on les a explicités en note.

Plus complexe était le traitement des très nombreux mots à double entente ou conservant, sous leur sens contemporain, une trace de signification plus ancienne dont James joue. Ainsi en va-t-il du mot *charming*, sans cesse répété dans le texte, qui, à côté de son sens un peu mièvre de « charmant », garde l'idée plus ambiguë de « charme » magique, éventuellement maléfique. Par chance, et comme ici, un certain nombre de termes aux racines latines ont eu une évolution parallèle en anglais et en français. Mais on a achoppé, dans plusieurs cas, sur l'impossibilité de trouver un mot français fonctionnant de manière identique au mot anglais. L'exemple le plus caractéristique – et le plus frustrant – a été, en anglais, celui de *figure*. Dans le texte de James, ce sera à la fois la « silhouette » de Quint apparaissant au sommet d'une tour, comme le père de Hamlet, le « motif » de la tapisserie à laquelle la gouvernante compare sa découverte « fil à fil » des mystères de Bly – James reprenant là le titre de sa nouvelle, parue en 1896, *The Figure in the Carpet* –, et la « figure » au sens rhétorique du terme, ce qu'est la totalité du texte au regard de ses enjeux. On a échoué dans la recherche d'un mot rendant compte de ces multiples significations sans pour autant qu'il paraisse incongru dans la phrase française. Il a donc fallu se résoudre à la note en bas de page.

Les autres notes se veulent « incitatives ». En d'autres termes, elles soulignent des moments du texte – voire des ellipses – révélateurs de possibles « bifurcations » de l'interprétation. Elles sont loin d'être exhaustives, et chaque lecteur en révoquera certaines et en découvrira d'autres, tout aussi pertinentes. Il est indubitable que *Le Tour d'écrou* exige une lecture à la fois suspicieuse et inventive. Le plus bel hommage que puisse rendre Henry James à ses lecteurs – et à la littérature.

M. N.

LE TOUR D'ÉCROU

Autour du feu, l'histoire nous avait tenus passablement haletants, mais je ne me souviens d'aucun commentaire à son propos – sinon ce constat évident qu'elle était sinistre à souhait, comme il convient à une histoire étrange contée dans une vieille demeure, le soir de Noël –, jusqu'à ce que quelqu'un risquât la remarque que c'était le seul cas, à sa connaissance, d'une apparition surnaturelle advenant à un enfant. Il me faut préciser qu'il s'agissait, en l'occurrence, d'une apparition dans une vieille maison semblable à celle où nous étions réunis en la circonstance – une abominable apparition à un petit garçon qui, terrifié, réveillait sa mère dont il partageait la chambre, et cela, moins pour qu'elle dissipe sa terreur et l'aide à se rendormir apaisé, que pour qu'elle-même, avant qu'elle y soit parvenue, se trouve confrontée à la vision qui l'avait bouleversé[1].

Ce fut cette observation qui nous valut de Douglas, pas immédiatement mais plus tard dans la soirée, une remarque qui eut l'intéressante conséquence qu'on

---

1. Premier signe de la possible « contamination » des adultes par la prétendue innocence enfantine : ici, l'enfant cherche à confronter sa mère à la terreur. Et, surtout, c'est ce récit qui sert de matrice à celui de Douglas, c'est-à-dire au livre entier.

verra. Quelqu'un d'autre raconta une histoire qui ne fit pas grand effet, et dont je notai qu'il ne l'écoutait pas. J'y vis le signe qu'il avait lui-même quelque chose à proposer et que nous n'avions qu'à attendre. De fait, nous attendîmes deux soirées. Mais ce même soir, avant de nous séparer, il révéla ce qu'il avait en tête.

« Pour en revenir au fantôme de Griffin, quelque crédit qu'on lui prête, j'admets que le fait d'apparaître d'abord à un jeune garçon d'un âge si tendre ajoute au récit une tonalité particulière. Mais, à ma connaissance, ce n'est pas le premier cas d'un tel envoûtement concernant un enfant. Et si un enfant ajoute au récit un tour d'écrou[1], qu'en serait-il, à votre avis, de deux enfants ?

— Évidemment que deux enfants donneront deux tours d'écrou ! s'exclama quelqu'un. Et aussi que nous voulons en savoir davantage. »

Je revois Douglas là, tournant le dos au feu, vers lequel il s'était dirigé, toisant son interlocuteur, les mains dans les poches. « Nul sauf moi, jusqu'à maintenant, n'en connaît rien. C'est par trop horrible. » Naturellement, plusieurs voix déclarèrent que cela donnait à la chose un prix inestimable, et notre ami, avec un art tranquille, et après nous avoir parcourus du regard, prépara son triomphe en ajoutant : « C'est au-delà de tout. Rien, à ma connaissance, n'en approche. »

----

1. « Tour d'écrou » ou « tour de vis » ? Les deux traductions seraient possibles et certains critiques ont déploré que la lente pénétration qu'induisent des « tours de vis » en approfondissant la même spirale soit évincée par la traduction française. Toutefois, ce choix se justifie par l'heureuse assonance entre l'anglais et le français, mais aussi parce que « donner un tour de vis » a des connotations assez différentes, plus proches de la notion consciente d'autorité et de coercition que d'anxiété diffuse se resserrant sur ses victimes.

Je me souviens d'avoir demandé : « Comme pure terreur ? »

Il sembla signifier que ce n'était pas aussi simple, hésiter sur les qualificatifs appropriés. Il se passa la main sur les yeux, eut une petite grimace crispée : « Comme épouvantable… épouvante.

— Oh, que c'est excitant ! » s'écria une femme.

Il n'y prêta pas attention, il me regardait, mais comme si, au lieu de moi, il voyait ce dont il parlait. « Comme ensemble inhumain de laideur, d'horreur et de douleur.

— Eh bien, dis-je, asseyez-vous donc et allez-y ! »

Il se retourna vers le feu, donna un coup de pied dans une bûche, la contempla un instant. Puis il nous fit face à nouveau. « Je ne peux pas. Il faut que j'envoie quelqu'un en ville. » Il y eut un murmure général et de nombreuses protestations, après quoi, l'air toujours préoccupé, il expliqua : « L'histoire est écrite. Elle est dans un tiroir fermé à clef – elle n'en est pas sortie depuis des années. Je pourrais envoyer un mot à mon valet et y joindre la clef ; il me renverrait le paquet tel qu'il est. » C'était pour moi tout spécialement qu'il paraissait faire cette suggestion, il semblait presque me demander de l'aider à ne plus tergiverser. Il avait rompu une épaisseur de glace accumulée durant maints hivers ; il avait eu ses raisons pour ce long silence. Les autres s'irritaient de ce retard, mais c'étaient précisément ses scrupules qui me fascinaient. Je l'adjurai d'écrire par le premier courrier et de convenir avec nous d'une prompte lecture, puis je lui demandai si l'expérience en question avait été la sienne. Sa réponse fut immédiate : « Oh, grâce à Dieu, non !

— Et sa recension, est-elle de vous ? Vous avez conservé la chose vous-même ?

— Rien que la marque. Elle est gravée là – il tapota son cœur. Elle ne m'a jamais quitté.

— Alors votre manuscrit… ?

— Il est d'une vieille encre pâlie, et d'une écriture admirable. » Il hésitait à nouveau. « Une écriture de femme. Elle est morte depuis vingt ans. Elle m'envoya les pages en question avant de disparaître. » Tous écoutaient maintenant et, bien sûr, il y eut quelqu'un pour ironiser, ou du moins pour se livrer à quelques sous-entendus. Mais s'il les écarta sans un sourire, ce fut aussi sans irritation. « C'était une personne vraiment délicieuse, mais elle était de dix ans mon aînée. C'était l'institutrice de ma sœur, dit-il calmement. La plus agréable des femmes de sa condition que j'aie jamais connue ; elle aurait d'ailleurs été digne de tout autre état.

« C'était il y a longtemps, et l'épisode en question était encore bien antérieur. J'étais à Trinity[1], et je l'avais trouvée à la maison quand j'étais revenu, l'été de la seconde année. Mes séjours furent fréquents, cette année-là : la saison était très belle. Et pendant ses heures de liberté, nous eûmes bien des conversations lors de nos promenades dans le jardin, conversations où elle m'apparaissait bigrement intelligente et charmante. Mais oui, ne ricanez pas : je l'aimais beaucoup et je suis heureux, aujourd'hui encore, de penser qu'elle aussi m'aimait beaucoup. S'il n'en avait pas

---

1. Trinity College est l'un des trente et un collèges de Cambridge.

été ainsi, elle ne m'aurait rien raconté. Elle n'avait jamais rien raconté à personne. Ce n'était pas seulement qu'elle me l'avait affirmé, je savais qu'elle ne l'avait jamais fait. J'en étais certain : cela se voyait. Vous comprendrez aisément pourquoi quand vous entendrez l'histoire.

— Parce que la chose avait été tellement épouvantable ? »

Il continuait à me regarder fixement. « Vous comprendrez aisément, répéta-t-il. Vous, vous comprendrez. »

Je le fixai à mon tour. « Je vois. Elle était amoureuse. »

Pour la première fois, il rit. « Vous êtes décidément perspicace !… Oui, elle était amoureuse. Plutôt, elle l'avait été. Cela sautait aux yeux. Je le voyais, et elle voyait que je le voyais, mais aucun de nous n'en parla. Je me souviens du moment et de l'endroit, le coin de pelouse, l'ombre des grands hêtres, et le long et chaud après-midi d'été. Ce n'était pas un décor à frissonner d'angoisse, et pourtant… » Il s'éloigna du feu et se laissa à nouveau tomber dans son fauteuil.

« Vous recevrez le paquet jeudi matin ? dis-je.

— Sûrement pas avant le second courrier…

— Bon, alors après le dîner…

— Vous me rejoindrez tous ici ? »

À nouveau, son regard parcourut l'auditoire. « Personne n'a l'intention de partir ? » C'était presque dit sur un ton d'espoir.

« Tout le monde restera !

— Moi, je reste. — Et moi aussi ! » s'écrièrent des dames dont le départ avait été prévu. Cependant, Mrs Griffin manifesta le besoin de quelques éclaircissements supplémentaires. « De qui était-elle amoureuse ?

— L'histoire le dira, pris-je sur moi de répondre.

— Oh, je ne pourrai jamais attendre l'histoire !

— Justement, l'histoire ne le dira pas, répliqua Douglas. Du moins pas d'une façon trivialement explicite.

— Quel dommage ! Il n'y a que comme cela que je comprends.

— Mais vous, Douglas, ne le direz-vous pas ? » demanda quelqu'un d'autre.

Il se releva brusquement. « Si, demain. Maintenant, il faut que j'aille me coucher. Bonsoir. » Et, saisissant vivement un bougeoir, il nous laissa, quelque peu perplexes. De l'extrémité de la grande salle sombre où nous étions, nous l'entendîmes monter l'escalier ; sur quoi, Mrs Griffin reprit : « Eh bien, si je ne sais pas de qui elle, elle était amoureuse, je sais de qui lui l'était.

— Elle avait dix ans de plus que lui, observa son mari.

— Raison de plus… À cet âge-là… Mais c'est vraiment charmant, une si longue retenue…

— Quarante ans[1] ! souligna Griffin.

— Et cette façon de révéler la vérité, à la fin.

— Une révélation qui va faire de la soirée de jeudi un événement sensationnel », répliquai-je ; et tous

---

1. Comme la rencontre de Douglas et de la gouvernante a elle-même lieu un certain temps après les événements de Bly, cela situerait ceux-ci dans la première moitié du XIXe siècle, vers le début du règne de Victoria. En fait, les précisions chronologiques importent moins que ce contexte général victorien, tant sur le plan moral que social.

partageaient à ce point mon avis que nous en perdîmes tout intérêt pour quoi que ce fût d'autre. Cette histoire, bien qu'incomplète et tenant lieu de simple prologue pour un récit « à suivre[1] », fut la dernière. Nous échangeâmes poignées de main et poignées de chandelier, comme dit quelqu'un, et nous allâmes nous coucher.

J'appris le lendemain qu'une lettre contenant la clef était partie pour les appartements londoniens de Douglas, mais en dépit, ou peut-être justement à cause de la diffusion de cette information, nous le laissâmes totalement en paix jusqu'après le dîner, jusqu'à l'heure qui, en fait, s'accordait au mieux avec le genre d'émotions que nous escomptions. Il devint alors aussi disert que nous pouvions le désirer et nous en expliqua la raison. Nous l'entendîmes de sa bouche à nouveau dans la grande salle, devant le feu, à l'endroit où nous avions eu, le soir précédent, nos délicieux effarements.

Il s'avérait que la narration dont il nous avait promis la lecture requérait impérieusement, pour être bien comprise, quelques mots d'introduction. Qu'on me permette de dire clairement, pour en être quitte, que cette narration est ce que je soumettrai bientôt au lecteur, d'après l'exacte transcription que j'en fis bien plus tard. Avant sa mort, quand il la pressentit, le pauvre Douglas me confia ce même manuscrit qu'à l'époque il reçut au bout de trois jours. Et c'est dans le cadre habituel, devant notre petit cercle suspendu à ses lèvres, qu'il en

---

1. Ce « à suivre » est à prendre au sens propre, puisque le texte fut publié en feuilleton. Certaines « chutes » de chapitre sont caractéristiques de cet effet d'attente, donc d'incitation à l'achat du numéro suivant de la revue. Chaque livraison se composait de deux chapitres du texte.

commença, le quatrième soir, la lecture – dont l'effet fut prodigieux. Naturellement, les dames qui devaient partir et avaient annoncé qu'elles resteraient ne le firent pas, grâce au ciel. Elles partirent, contraintes par des engagements antérieurs, toutefois dévorées de la curiosité suscitée, affirmèrent-elles, par les éléments dont il avait piqué notre intérêt. Son auditoire final n'en fut que plus resserré et plus choisi, soumis, autour du foyer, à une même impatience angoissée.

Le premier de ces éléments nous avait appris que le témoignage écrit prenait l'histoire, en quelque sorte, après son véritable commencement.

Il nous fallait donc, au préalable, savoir que sa vieille amie, la fille cadette d'un modeste pasteur de campagne, avait vingt ans quand elle chercha pour la première fois une place d'institutrice et monta en grand émoi à Londres pour répondre en personne à une offre qui l'avait déjà brièvement mise en rapport épistolaire avec l'auteur de l'annonce.

Quand elle se présenta à lui, dans une maison de Harley Street[1] dont les dimensions imposantes l'impressionnèrent, cet employeur éventuel se révéla être un gentleman célibataire, dans la fleur de l'âge, un personnage tel qu'il n'en était jamais apparu, sinon en rêve ou dans un roman, à une tremblante et timide jeune fille venue d'un presbytère du Hampshire. Le type en est facile à décrire : il ne disparaît heureusement jamais totalement. Il était joli garçon, plein d'aisance et courtois, simple, enjoué et très affable. Bien évidemment, ses manières de galant homme et son allure la

---

1. Harley Street est une rue élégante de Londres, connue pour être, au XIXe siècle, le lieu de résidence de médecins réputés.

frappèrent, mais ce qui la fascina le plus et lui donna le courage qu'elle montra ensuite, ce fut qu'il présenta toute la chose comme une sorte de faveur qu'elle lui ferait, une dette qu'il contracterait envers elle, un service dont il lui saurait infiniment gré. Elle le supposa riche mais terriblement prodigue. Elle l'auréolait d'une élégance raffinée, d'une grande séduction physique, d'habitudes dispendieuses, de manières exquises avec les femmes. Il avait comme résidence citadine cette grande maison pleine de butins de voyage et de trophées de chasse, mais c'était dans sa résidence campagnarde, une vieille demeure familiale, qu'il voulait qu'elle se rendît immédiatement.

La mort de leurs parents, aux Indes, l'avait fait tuteur d'un jeune neveu et d'une jeune nièce, enfants d'un frère cadet militaire qu'il avait perdu il y avait deux ans. Ces enfants, qui lui étaient échus par le plus grand des hasards, étaient, pour un homme dans sa situation – un homme seul, sans expérience en la matière, et sans une once de patience –, un fardeau considérable.

Le tout avait été un grand tracas, et sans aucun doute y avait-il eu, de sa part, une série de stupides maladresses, mais il éprouvait une immense compassion pour ces gamins, et il avait fait tout ce qu'il pouvait. Ainsi les avait-il envoyés dans son autre maison, l'endroit le plus adéquat pour eux étant évidemment la campagne. Il les y avait tout de suite installés en compagnie des meilleures gens qu'il avait pu trouver pour s'occuper d'eux, se séparant pour cela de ses propres domestiques, et se déplaçant lui-même, chaque fois qu'il le pouvait, pour voir comment ils allaient. Le fâcheux était qu'ils n'avaient pratiquement pas d'autre famille, et que ses propres affaires lui prenaient tout son temps. Il leur avait donc offert Bly, un endroit sain et sûr, et avait placé à la tête de leur petite installation – mais seulement pour les tâches subalternes – une excellente femme, Mrs Grose, qui, il en était sûr, plairait à sa visiteuse, et avait d'ailleurs été auparavant la femme de chambre de sa mère.

Elle était maintenant intendante, et pour le moment était chargée de veiller sur la petite fille pour qui, n'ayant pas elle-même d'enfant, elle avait par chance beaucoup d'affection. Il ne manquait pas de personnel qui pourrait aider, mais, bien sûr, la jeune personne qui viendrait en qualité d'institutrice aurait la haute main sur tout. Pendant les vacances, elle aurait aussi à s'occuper du garçon qui était au collège depuis un trimestre – encore qu'il fût bien jeune, mais que faire d'autre ? – et qui, les vacances étant sur le point de commencer, devait revenir d'un jour à l'autre. Au début, il y avait eu, pour s'occuper des deux enfants, une jeune personne qu'ils avaient eu le malheur de perdre. Elle leur avait merveilleusement bien convenu – c'était une personne éminemment respectable – jusqu'à sa mort, qui avait eu justement le grand inconvénient de ne laisser aucune alternative que le collège pour le jeune Miles.

Depuis lors, pour ce qui était des choses matérielles, Mrs Grose avait fait de son mieux pour Flora. Et il y avait, en outre, une cuisinière, une femme de chambre, une fille de ferme, un vieux poney, un vieux palefrenier et un vieux jardinier – l'ensemble également éminemment respectable.

Douglas en était là de son tableau lorsque quelqu'un posa une question : « Et de quoi la première gouvernante était-elle morte ? De tant de respectabilité ? »

La réponse de notre ami fut immédiate : « Cela viendra plus tard. N'anticipons pas.

— Pardonnez-moi, je pensais que c'était justement ce que vous étiez en train de faire.

— À la place de sa remplaçante, remarquai-je, j'aurais aimé savoir si la fonction impliquait… »

Douglas compléta ma pensée : « Nécessairement un péril mortel ? Assurément, elle désirait le savoir, et elle le sut. Vous apprendrez demain ce qu'elle sut. En attendant, évidemment, l'ensemble lui parut légèrement préoccupant. Elle était jeune, inexpérimentée, peu assurée. S'ouvrait la perspective de graves devoirs, d'une compagnie restreinte, et d'une très grande solitude morale. Elle hésita, prit deux jours pour demander conseil et réfléchir. Mais le salaire offert dépassait de beaucoup ce à quoi elle pouvait prétendre et, lors d'une seconde entrevue, elle ne se déroba pas, elle s'engagea[1]. » Douglas, sur ces mots, fit une pause qui m'incita à lancer, à l'adresse de l'auditoire : « Le fin mot de tout cela est, bien sûr, la séduction exercée par le fascinant jeune homme. Elle y succomba. »

Il se leva et, comme il l'avait fait auparavant, se dirigea vers le feu, poussa du pied une bûche et resta un moment le dos tourné. « Elle ne le vit que deux fois.

— Certes, mais là est justement la beauté de sa passion[2]. »

---

1. Le mot anglais signifie aussi plus précisément « se fiancer ».
2. De même qu'en français, le mot anglais *passion* garde un écho de son sens étymologique – ce qu'il faut subir, supporter – comme dans son acception religieuse.

À ces mots, à ma légère surprise, Douglas se retourna vers moi. « Effectivement, c'en fut la beauté. D'autres candidates, continua-t-il, n'avaient pas succombé. Il avait décrit franchement toutes les difficultés de la situation. Pour beaucoup, les conditions avaient été rédhibitoires. Pour une raison ou une autre, elles étaient tout simplement effrayées. Cela paraissait sinistre. Cela paraissait bizarre. Et plus encore en raison de la principale clause.

— Qui était… ?

— Qu'elle ne devait jamais, mais jamais, absolument jamais, ni l'appeler, ni se plaindre, ni lui écrire quoi que ce soit. Résoudre toutes les questions par elle-même, recevoir les sommes d'argent du notaire, prendre toute l'affaire en charge, et le laisser tranquille. Elle le lui promit, et elle m'a dit que lorsque, soulagé et ravi, il lui retint la main un moment en la remerciant de son sacrifice, elle s'était déjà sentie récompensée.

— Mais fut-ce là toute sa récompense ? demanda une des dames.

— Elle ne le revit jamais.

— Oh ! » fit la dame. Ce qui fut, notre ami nous ayant une fois encore quittés dans l'instant, le seul mot de quelque importance prononcé sur ce sujet jusqu'à ce que, le soir suivant, au coin du feu, assis dans le meilleur fauteuil, il tournât la couverture rouge fané d'un mince album à la tranche dorée à la mode d'antan. La chose prit en vérité plus d'une soirée, mais, ce premier soir, la même dame posa une autre question : « Quel est votre titre ?

— Je n'en ai pas.

— Oh, moi, j'en ai un ! » dis-je[1]. Mais Douglas, sans me regarder, avait commencé sa lecture d'une belle voix claire, qui était comme la transcription, pour l'oreille, de l'élégante écriture de l'auteur.

---

1. On peut voir ici comme une prise de pouvoir explicite de James sur le texte prétendu de la jeune institutrice : avant même de l'avoir entendu, il a un titre…

I

Je[1] me souviens que tout commença par une succession de hauts et de bas, un jeu de balançoire entre
émotions légitimes ou injustifiées. Après l'élan qui
m'avait fait, à Londres, accéder à sa requête, j'eus bien
deux jours très sombres, à nouveau hérissée que j'étais
de doutes, absolument sûre de m'être fourvoyée. Ce
fut dans cet état d'esprit que je passai de longues heures
à cahoter et bringuebaler dans la diligence qui me
conduisait à la halte où je devais trouver une voiture
de la maison. Cette commodité, m'avait-on dit, avait
été prévue, et de fait, je trouvai, vers la fin de cet
après-midi de juin, un coupé spacieux qui m'attendait.
En traversant à cette heure, par une belle journée, une
campagne dont la douceur estivale semblait un signe
d'amicale bienvenue, ma force d'âme me revint et,
comme nous tournions dans la grande allée, elle prit
un essor qui prouvait la profondeur de son précédent
naufrage. Je suppose que j'avais attendu, ou redouté,
quelque chose de si lugubre que ce qui m'accueillit fut
une bonne surprise. Je me souviens de la très agréable
impression que me firent la grande façade claire, avec

---

1. Jamais, dans tout le texte, la jeune gouvernante n'est
nommée.

ses fenêtres ouvertes aux rideaux frais, et les deux
servantes regardant au-dehors. Je me souviens de la
pelouse, des fleurs éclatantes, du crissement des roues
sur le gravier, et des cimes des bouquets d'arbres au-
dessus desquelles les corneilles décrivaient des cercles
et criaient dans le ciel doré. Le décor avait une majesté
sans aucune commune mesure avec ma propre demeure
étriquée. Puis, sans tarder, apparut à la porte, tenant
par la main une petite fille, une personne fort polie qui
me fit une révérence aussi cérémonieuse que si j'avais
été la maîtresse de maison ou une visiteuse de marque.

À Harley Street, on m'avait donné de l'endroit une
idée plus modeste. Je me souviens que cette discrétion
m'inspira davantage d'estime encore pour l'élégance
du propriétaire, et m'incita à penser que ce dont j'allais
profiter pourrait aller très au-delà de ses promesses.

Je n'eus plus de chutes de moral jusqu'au lendemain,
car je traversai les heures suivantes dans l'euphorie de
ma rencontre avec ma plus jeune élève. La petite fille
qui accompagnait Mrs Grose me frappa sur-le-champ
comme un être trop charmant[1] pour que ce ne fût pas
un réel bonheur que d'avoir à s'occuper d'elle. C'était
la plus ravissante enfant que j'aie jamais vue, et je me
demandai après coup pourquoi mon employeur n'avait
pas davantage souligné ce point.

Je dormis peu cette nuit-là, j'étais beaucoup trop
excitée : cela me stupéfiait, je m'en souviens, ne me

---

1. En anglais comme en français, « charme » reste teinté de son
sens ancien d'« envoûtement ». On notera la très grande fréquence
d'emploi du mot dans le texte : tout est « *charming* » – et d'abord,
superlativement, les deux enfants, dont les différences – d'âge, de
sexe – sont littéralement englouties sous cette qualification uni-
forme. Voir la Préface, p. 14.

quittait pas, et s'ajoutait à la conscience que j'avais de la qualité du traitement dont je bénéficiais. La grande chambre imposante, l'une des plus belles de la maison, le lit majestueux qui me semblait presque un lit d'apparat, les lourdes tentures à ramages, les hauts miroirs dans lesquels, pour la première fois, je pouvais me voir en pied[1], tout me frappait – avec le charme extraordinaire de ma petite élève – comme autant de choses offertes « de surcroît ». De surcroît aussi fut, dès le premier moment, le sentiment que j'allais être en bons rapports avec Mrs Grose – rapports sur lesquels, en chemin, dans la diligence, j'avais, je le crains, sombrement ruminé.

En fait, le seul élément qui, dans cette première approche, aurait pu me rendre à nouveau suspicieuse était sa joie immodérée de mon arrivée. C'était une forte femme simple, franche, nette et pleine de bon sens : en l'espace d'une demi-heure, je m'aperçus qu'elle en était heureuse au point de se tenir positivement sur ses gardes pour ne pas trop le montrer.

Même à ce moment, je me demandais vaguement pourquoi elle pouvait bien tant désirer le dissimuler et, avec un peu de réflexion et de suspicion, cela aurait pu, bien sûr, me donner à penser.

Mais je me réconfortais à l'idée que rien d'inquiétant ne pouvait être lié à quelque chose d'aussi divin

---

1. La critique a largement commenté ce thème du miroir qui apparaît ici. La jeune institutrice va effectivement, dans cette « terrible expérience » de Bly, être confrontée à son image « totale ». Mais que va « révéler » cette image ? Nul ne le saura. Ce jeu d'images à la fois indécidables dans leur « réalité » et réversibles – ce sont des reflets, voire des reflets de reflets – est un des éléments fondamentaux qui structurent le texte et, tout autant, le brouillent.

que la radieuse image de la petite fille dont l'angélique
beauté était probablement, plus que toute autre chose,
la cause de l'agitation qui, avant le matin, me fit me
lever plusieurs fois pour parcourir ma chambre en me
dépeignant, en pensée, le tableau d'ensemble ; pour
observer par ma fenêtre ouverte la délicate aube d'été ;
pour apercevoir autant que je le pouvais l'ensemble
de la propriété. Et pour guetter – tandis que, dans
l'ombre qui se dissipait, les premiers oiseaux commen-
çaient à pépier – le possible retour d'un bruit ou deux,
moins naturels, venant non de l'extérieur mais de
l'intérieur, et que je me figurais avoir entendus. Il y
avait un moment où j'avais cru reconnaître, faible et
lointain, un cri d'enfant ; et un autre où j'avais tres-
sailli, à peine consciente, à ce qui semblait le bruit
d'un pas léger passant devant ma porte. Mais ces imaginations n'étaient pas assez nettes pour n'être pas
balayées, et c'est uniquement à la lumière – ou plutôt
à l'obscurité, devrais-je dire – d'autres événements qui
s'ensuivirent qu'elles me revinrent à l'esprit. Observer,
instruire, « former » la petite Flora serait, à n'en pas
douter, l'œuvre d'une vie heureuse et utile. Il avait été
convenu entre nous, en bas, qu'après cette première
soirée, je l'aurais, comme cela allait de soi, avec moi
la nuit, et son petit lit blanc était déjà installé à cet
effet dans ma chambre. J'avais décidé de prendre totalement soin d'elle, et elle n'était restée, pour la dernière
fois, avec Mrs Grose qu'en raison de sa naturelle timidité et du fait que je lui étais forcément inconnue.

    En dépit de cette timidité, à propos de laquelle, de
la plus étonnante manière, l'enfant elle-même avait été
parfaitement franche et directe, nous laissant sans la
moindre gêne – et avec la profonde et sereine douceur

d'un chérubin de Raphaël – en discuter et prendre notre décision, j'étais tout à fait certaine qu'elle m'aimerait vite. Une des raisons pour lesquelles j'aimais déjà Mrs Grose était ce plaisir que je lui voyais prendre à mon admiration et à mon étonnement, pendant que je dînais de pain et de lait, face à mon élève assise sur une chaise haute et portant un tablier à bavette, radieuse, entre quatre hautes bougies. En la présence de Flora, il y avait naturellement des choses que nous ne pouvions échanger que sous forme de profonds regards comblés, d'allusions elliptiques et détournées.

« Et le petit garçon, lui ressemble-t-il ? Est-il à ce point intéressant ? »

Il ne fallait pas, nous en étions déjà convenues, flatter trop ostensiblement un enfant. « Oh, Mademoiselle, des plus intéressants. Si vous pensez du bien de cette enfant... » – et elle était là, une assiette à la main, contemplant, rayonnante, notre petite compagne qui nous regardait l'une et l'autre avec de doux yeux célestes où rien n'était de nature à réfréner notre enthousiasme.

« Oui, si c'est le cas... ?

— Alors, c'est transportée que vous serez par le petit monsieur !

— Eh bien, je pense que je suis venue pour cela, pour être transportée. » Je me souviens d'avoir impulsivement ajouté : « J'ai bien peur d'être facilement transportée. Et je l'ai été à Londres[1] ! »

---

1. L'assimilation de Miles à son oncle est clairement signifiée par cette remarque « impulsive » : la jeune gouvernante est déjà « habitée » par l'image du maître des lieux. Mais ce n'est, pour l'heure, en rien refoulé.

Je revois le visage épanoui de Mrs Grose quand elle comprit.

« À Harley Street ?

— À Harley Street !

— Eh bien, Mademoiselle, vous n'êtes pas la première – et vous ne serez pas la dernière.

— Oh, je n'ai pas la prétention, parvins-je à dire en riant, d'être la seule. En tout cas, mon autre élève, à ce que j'ai compris, revient demain ?

— Pas demain, Mademoiselle, vendredi. Il arrive, comme vous, par la diligence, sous la surveillance du conducteur, et il sera attendu par la même voiture que vous. »

Je demandai alors si la chose la plus appropriée, en même temps que la plus agréable et la plus affectueuse, ne serait pas alors qu'à l'arrivée de la voiture publique, il me trouve l'attendant avec sa petite sœur. Mrs Grose acquiesça si spontanément que, d'une certaine façon, j'interprétai son comportement comme une sorte d'engagement réconfortant – qui ne fut jamais remis en question, Dieu merci ! – que nous serions d'accord sur tout. À n'en pas douter, elle était ravie que je sois là !

Ce que j'éprouvai le jour suivant ne fut pas, me semble-t-il, ce qu'on pourrait appeler un reflux de l'euphorie de mon arrivée. Ce fut probablement, tout au plus, alors que j'en faisais le tour, l'examinais et m'en pénétrais, la légère angoisse produite par une plus complète appréciation de mes nouvelles responsabilités. Telles qu'elles se présentaient, elles avaient une étendue et un poids auxquels je n'étais pas préparée et face auxquels, d'emblée, je me sentais un peu effrayée tout autant qu'assez fière. La régularité des leçons, assurément, pâtit de ce trouble. J'avais pensé que ma

première tâche était, par les moyens les plus doux que
je puisse inventer, de gagner l'enfant en l'amenant à me
connaître. Je passai la journée dehors avec elle : nous
étions convenues, pour son plus grand plaisir, que ce
serait elle, et elle seule, qui me montrerait la propriété.

Elle me la montra pas à pas, pièce après pièce et
secret après secret, avec d'exquis commentaires drôles
et puérils, et le résultat fut qu'en une demi-heure, nous
étions devenues d'extraordinaires amies. Toute jeune
qu'elle fût, me frappèrent, pendant notre promenade,
sa sûreté et son courage dans les pièces désertes et les
corridors sombres, dans les escaliers tortueux qui me
forçaient à m'arrêter, et jusqu'au sommet d'une vieille
tour carrée à mâchicoulis où j'eus le vertige. Son babil-
lage d'aurore, sa facilité à me dire tellement plus de
choses qu'elle-même ne m'en demandait, m'éton-
naient et me subjuguaient.

Je n'ai pas revu Bly depuis le jour où je l'ai quitté,
et je suppose qu'à mes yeux d'aujourd'hui, plus âgés
et plus avertis, l'endroit paraîtrait sans doute de
moindre importance. Mais tandis que mon jeune cicé-
rone, avec ses cheveux d'or et sa robe bleue, virevoltait
devant moi à chaque tournant et sautillait le long des
couloirs, j'avais la vision d'un château de roman habité
par un lutin rose, un lieu empruntant, pour le divertissement d'un jeune esprit, toutes les couleurs d'un
livre d'images ou d'un conte de fées. N'était-ce pas
juste un livre sur lequel m'avait saisie une rêveuse
somnolence[1] ? Non, c'était une vieille bâtisse assez

---

1. Peu à peu, le récit va tracer les contours de l'univers littéraire
et romanesque qui a contribué à façonner l'imaginaire de la gouvernante.

laide mais pratique, empruntant quelques éléments
architecturaux à un bâtiment encore plus ancien, à demi
utilisée et à demi abandonnée, où je nous imaginais
aussi perdus qu'une poignée de passagers dans un
paquebot à la dérive. Et voilà que c'était moi qui,
étrangement, étais à la barre !

II

J'en pris pleinement conscience quand, deux jours plus tard, j'allai en voiture, avec Flora, à la rencontre du « petit monsieur, » comme l'appelait Mrs Grose ; et cela d'autant plus qu'un incident, survenu le deuxième soir, m'avait profondément décontenancée. Dans l'ensemble, le premier jour, comme je l'ai dit, avait été rassurant, mais il devait s'achever, dans la soirée, sur une tonalité différente. Ce jour-là, le courrier, qui arriva tard, contenait une lettre pour moi qui, bien que de la main de mon employeur, ne contenait que quelques mots et en renfermait une autre, à lui adressée, et non décachetée. « Je reconnais ceci comme venant du directeur et le directeur est un affreux raseur. Lisez-la, je vous prie, voyez la question avec lui, mais gardez-vous bien de m'en parler. Pas un mot. Je ne suis plus là ! » Il me fallut un tel effort pour rompre le cachet que, pendant un long moment, je ne pus m'y résoudre. Je montai finalement la lettre cachetée dans ma chambre et ne l'ouvris qu'avant de me coucher. J'aurais mieux fait de la laisser attendre jusqu'au matin car je lui dus ma seconde nuit blanche. Sans personne à qui demander conseil, le lendemain, j'étais en plein désarroi et ce désarroi me submergea au point que je résolus de m'en ouvrir au moins à Mrs Grose.

« Qu'est-ce que cela signifie ? Le petit doit quitter le collège… »

Elle me jeta un curieux regard que je notai sur l'instant, puis, reprenant vite une expression indifférente, elle parut tenter de se rattraper. « Mais tous les élèves ne doivent-ils pas… ?

— Rentrer chez eux ? Oui, mais seulement pour les vacances. Miles n'est pas autorisé à y revenir. »

Sous mon regard attentif, elle rougit. « Ils refusent de le reprendre ?

— Ils s'y refusent absolument. »

À ces mots, elle leva les yeux, qu'elle avait détournés de moi ; je vis qu'ils étaient pleins de grosses larmes. « Qu'a-t-il fait ? »

Je cherchai quoi répondre, puis jugeai que le plus simple était de lui montrer la lettre ; je la lui tendis, ce qui eut pour seul effet de lui faire mettre les mains derrière le dos, sans la prendre. Elle secoua la tête tristement. « Ces choses-là ne sont pas pour moi, Mademoiselle. »

Ma conseillère ne savait pas lire ! Je m'en voulus de cette maladresse, que j'atténuai comme je pus, et je rouvris la lettre pour la lui lire, puis, hésitant, je la repliai à nouveau et la remis dans ma poche[1]. « Est-il vraiment *mauvais*[2] ? »

---

1. Ce passage est un point nodal du récit. Personne, sauf la gouvernante, n'aura eu connaissance du contenu de la lettre. Ni l'oncle, qui l'a envoyée cachetée, ni Mrs Grose, qui ne sait pas lire. Et la gouvernante ne la lui lit pas. Quant au motif de ce renvoi – Miles aurait été « mauvais » –, le texte souligne qu'il s'agit de l'interprétation par la gouvernante d'une phrase non citée : « Cela ne peut avoir qu'un sens. […] C'est-à-dire qu'il est un danger pour les autres. »   2. Le champ sémantique du mot *bad* est très vaste et peut faire référence à la désobéissance la plus bénigne comme au Mal au sens moral. Voir le chapitre XI.

Elle avait toujours les larmes aux yeux. « C'est ce que disent ces messieurs ?

— Ils ne donnent aucun détail. Ils disent seulement qu'à leur grand regret, il leur sera impossible de le garder. Cela ne peut avoir qu'un sens. » Mrs Grose m'écoutait avec une émotion muette. Elle s'abstint de me demander ce que ce sens pouvait bien être, de sorte que, tout de suite, pour que sa présence m'aidât à rendre la chose claire dans mon propre esprit en la formulant, je continuai : « C'est-à-dire qu'il est un danger pour les autres. »

À ces mots, par une de ces volte-face coutumières chez les gens simples, elle éclata : « Monsieur Miles, lui, un danger ? »

Il y avait un tel élan de bonne foi dans ces mots que, bien que n'ayant pas encore vu l'enfant, mes craintes elles-mêmes me poussèrent à tenir l'idée pour absurde. Je me retrouvai, pour mieux abonder dans le sens de mon amie, soulignant sarcastiquement : « Un danger pour ses pauvres petits camarades innocents !

— C'est trop affreux, s'écria Mrs Grose, de dire des choses aussi cruelles ! Mais il a à peine dix ans !

— Assurément, ce serait incroyable. »

À l'évidence, elle m'était reconnaissante de cette affirmation. « Voyez-le d'abord, Mademoiselle, et après, croyez-y si vous le voulez. » Immédiatement, j'éprouvai une impatience renouvelée de le voir. Ce fut le début d'une curiosité qui, les heures suivantes, devait croître jusqu'à en devenir presque douloureuse. Je m'aperçus que Mrs Grose était consciente de l'effet qu'elle avait produit sur moi : elle poursuivit son avantage avec assurance. « Autant alors le croire de la petite demoiselle. Dieu la bénisse, ajouta-t-elle peu après. Mais regardez-la donc ! »

Je me retournai. Dans l'encadrement de la porte s'offrait à notre vue Flora que, dix minutes plus tôt, j'avais installée dans la salle d'étude avec une feuille de papier blanc et un crayon pour copier de beaux O tout ronds. À sa manière enfantine, elle signifiait, en apparaissant ainsi, son immense désintérêt pour ces tâches ennuyeuses, mais elle me regardait avec un petit visage rayonnant qui semblait faire de son arrivée la simple conséquence de l'affection qu'elle avait conçue pour moi, affection qui justifiait qu'elle m'ait suivie. Il ne m'en fallut pas plus pour mesurer tout le pouvoir de la comparaison de Mrs Grose et, prenant mon élève dans mes bras, je la couvris de baisers où se glissait un sanglot de repentir.

Néanmoins, le reste de la journée, je guettai une autre occasion de rencontrer ma compagne de travail, surtout lorsque, vers le soir, j'en vins à penser qu'elle cherchait plutôt à m'éviter.

Je la rattrapai, je m'en souviens, dans l'escalier ; nous descendîmes ensemble et, en bas, je la retins en posant la main sur son bras. « Je déduis de ce que vous m'avez dit à midi que vous, vous ne l'avez jamais vu se conduire mal. »

Elle rejeta la tête en arrière ; à partir de maintenant, elle avait très clairement et très ouvertement choisi une attitude.

« Oh, jamais vu… ce n'est pas ce que je prétends ! »

J'étais à nouveau très troublée. « Alors, vous l'avez constaté ?…

— Mais oui, bien sûr, Mademoiselle, Dieu merci ! »

À la réflexion, j'en convins : « Vous voulez dire qu'un garçon qui n'a jamais… ?

— Pour moi, ce n'est pas un garçon ! »

Je lui serrai plus fort le bras. « Vous aimez leur fougue de mauvais sujets, n'est-ce pas ? » Puis, prenant de vitesse sa réponse : « Moi aussi ! m'exclamai-je avec passion. Mais pas au point de contaminer…

— De contaminer ? » Ce grand mot la désorientait. Je l'expliquai : « De corrompre. »

Quand elle comprit ce que je voulais dire, elle ouvrit de grands yeux, mais elle eut un rire bizarre. « Avez-vous peur qu'il vous corrompe, vous ? » Elle posa hardiment la question avec une telle bonne humeur que, répondant à son propre rire par un rire sans doute un peu niais, j'abandonnai pour le moment, par peur du ridicule.

Mais le lendemain, comme l'heure de mon départ en voiture approchait, j'abordai la question d'une autre manière. « Comment était la jeune femme qui était là avant ?

— La dernière institutrice ? Elle aussi était une jeune et jolie… presque aussi jeune et jolie que vous, Mademoiselle.

— Alors, j'espère que sa jeunesse et sa beauté lui ont servi ! » dis-je. Et j'ajoutai, je m'en souviens, d'un air faussement détaché : « Il semble nous aimer jeunes et jolies !

— Oh, c'était bien le cas, acquiesça Mrs Grose. C'est ce qu'il aimait chez tout le monde ! » Elle n'avait pas plus tôt parlé qu'elle essaya de se reprendre. « Je veux dire que c'est son goût à lui, le goût du maître. »

Cela me frappa. « Mais de qui parliez-vous d'abord ? »

Son visage était sans expression, mais elle rougit. « Eh bien, de lui.

— Du maître ?

— Et de qui d'autre, sinon ? »

Il était tellement évident que ce ne pouvait être de personne d'autre que, l'instant d'après, j'avais oublié cette impression que, par mégarde, elle m'en avait dit plus qu'elle ne souhaitait. Et je lui demandai simplement ce que je voulais savoir. « Et *elle*, avait-elle remarqué quelque chose chez le jeune garçon ?…

— Quelque chose de pas bien ? Elle ne m'a rien dit. »

J'eus un scrupule que je surmontai. « Était-elle réservée, soucieuse de sa conduite ? »

Mrs Grose parut chercher à répondre en conscience. « Pour certaines choses, oui.

— Mais pas pour toutes ? »

À nouveau, elle réfléchit. « Écoutez, Mademoiselle, elle n'est plus. Je ne veux pas rapporter de ragots.

— Je comprends parfaitement ce sentiment », me hâtai-je de répondre. Mais au bout d'un instant, il ne me sembla pas contraire à cette concession de poursuivre : « Elle est morte ici ?

— Non, elle était partie. »

Je ne sais ce qu'il y avait dans cette concision de Mrs Grose qui me sembla très ambigu. « Partie pour mourir ? »

Mrs Grose regardait au-dehors par la fenêtre, mais il me parut qu'en toute hypothèse, j'avais le droit de savoir ce qu'on attendait des jeunes personnes employées à Bly. « Vous voulez dire qu'elle est tombée malade et qu'elle est rentrée chez elle ?

— À ce qu'il semble, elle n'est pas tombée malade dans cette maison. Elle l'a quittée à la fin de l'année, pour passer chez elle, avait-elle dit, de courtes vacances. Étant donné le temps qu'elle avait passé ici, elle y avait bien droit. Nous avions alors une jeune femme, une bonne d'enfants, qui a prolongé son séjour ; c'était une brave fille, gentille et intelligente, et elle se chargea complètement des petits dans l'intervalle. Mais notre jeune dame n'est jamais revenue : au moment même où je l'attendais, le maître m'apprit qu'elle était morte. »

Je méditai là-dessus. « Mais de quoi ?

— Il ne me l'a jamais dit. Mais, excusez-moi, Mademoiselle, reprit Mrs Grose, il faut que je me remette au travail. »

III

Eu égard à mes préoccupations du moment, qu'elle me tournât ainsi le dos ne constitua pas, heureusement, une rebuffade de nature à entraver la croissance de notre mutuelle estime. Et après le retour du jeune Miles à la maison, ma stupéfaction, ma profonde indignation nous lièrent plus étroitement que jamais : il était tellement monstrueux – j'étais désormais prête à l'affirmer – qu'un enfant comme celui que je venais de découvrir pût être sous le coup d'un anathème[1] !

J'arrivai un peu en retard au lieu prévu et, comme il se tenait à la porte de l'auberge où la diligence l'avait déposé, regardant rêveusement autour de lui, j'eus le sentiment de le percevoir dans sa totalité, nimbé de cette même fraîcheur lumineuse, de ce même indéniable parfum de pureté qui avaient pour moi enveloppé, dès le premier moment, sa petite sœur. Il était incroyablement beau ; et Mrs Grose ne s'était pas trompée : sa présence balayait tout sentiment autre qu'une tendresse passionnée. La raison qui me le fit

---

1. Le mot anglais *interdict* a une forte connotation religieuse. Il est un signe de l'éducation très puritaine de cette jeune fille de pasteur. Sa traduction, ici, par « anathème », au risque d'une légère majoration de sens, vise à privilégier cette connotation.

aimer sur-le-champ fut quelque chose de divin que je n'avais jamais trouvé à un tel degré chez un enfant – cet air ineffable de ne rien connaître d'autre du monde que l'amour. On ne pouvait allier une mauvaise réputation à tant de grâce dans l'innocence, et avant même d'être de retour à Bly avec lui, j'étais simplement confondue – pour ne pas dire outragée – par l'insinuation de l'horrible lettre enfermée dans un des tiroirs de ma chambre.

Dès que je pus échanger un mot en privé avec Mrs Grose, je lui déclarai que c'était grotesque. Elle me comprit tout de suite. « Vous voulez dire cette affreuse accusation ?…

— Cela ne tient pas debout une minute. Ma bonne amie, mais regardez-le ! »

Elle sourit à ma prétention d'avoir découvert son charme. « Je ne fais que cela, je vous assure, Mademoiselle ! Qu'allez-vous dire maintenant ? ajouta-t-elle immédiatement.

— En réponse à la lettre ? » J'avais pris ma décision. « Rien du tout.

— Et à son oncle ? »

Je fus péremptoire. « Rien du tout.

— Et au jeune garçon lui-même ? »

Je fus sublime. « Rien du tout. »

Elle s'essuya la bouche avec son tablier. « Alors, je suis avec vous. Nous irons jusqu'au bout.

— Nous irons jusqu'au bout ! » répétai-je en écho avec ardeur, et je lui tendis la main pour sceller notre engagement.

Elle la retint un moment, puis, de sa main libre, elle passa à nouveau son tablier sur son visage. « Est-ce que vous m'en voudriez, Mademoiselle, si je prenais la liberté…

— De m'embrasser ? Non ! » Je serrai l'excellente créature dans mes bras et, quand nous nous fûmes étreintes comme des sœurs, je me sentis plus énergique, et encore plus indignée.

De fait, ce fut tout, pour un certain temps : un temps si plein que, quand je me remémore comment les choses se déroulèrent, je mesure tout l'art qu'il me faut aujourd'hui déployer pour rendre l'ensemble à peu près intelligible. Ce qui me stupéfie rétrospectivement, c'est d'avoir accepté une pareille situation[1].

J'avais entrepris avec ma compagne d'aller jusqu'au bout, et j'étais apparemment sous un charme qui gommait l'étendue – comme les lointaines et périlleuses implications – d'une telle ambition. J'étais soulevée par une immense vague d'amour et de compassion. Dans mon ignorance, dans ma confusion d'esprit, et peut-être dans ma fatuité, je présumais tout simplement que je pouvais m'occuper d'un garçon dont l'éducation au monde n'en était qu'à ses débuts. Je suis même incapable de me rappeler aujourd'hui quelle proposition je fis pour la fin de ses vacances et la reprise de ses études. Des leçons avec moi, nous estimions bien sûr tous, en théorie, qu'il devait en prendre pendant cet été au charme prenant ; mais maintenant, j'ai conscience que lors de ces semaines, ce fut plutôt moi qui en reçus.

---

1. Il n'est pas interdit de lire dans ces deux dernières phrases une auto-ironie de James : de fait, la situation « narrative » dans laquelle il s'est placé n'est pas simple… Ces commentaires de l'acte littéraire, insérés dans le récit même, sont caractéristiques de son style, surtout dans ses dernières œuvres.

D'abord, à l'évidence, j'appris quelque chose qui ne m'avait pas été enseigné dans ma petite vie étriquée ; j'appris à être amusée, et même amusante, et à ne pas songer au lendemain. C'était la première fois, en quelque sorte, que je découvrais l'air, l'espace et la liberté, toute la musique de l'été et tous les mystères de la nature. Et puis, il y avait la considération qu'on me témoignait, et cette considération m'était douce. Oh, c'était un piège, involontaire mais insidieux, pour mon imagination, pour ma délicatesse, peut-être pour ma vanité ; bref, pour ce qu'il y avait en moi de plus prompt à s'émouvoir. La plus juste façon de dépeindre l'ensemble serait de dire que j'étais sans méfiance.

Ils me donnaient si peu de souci, ils étaient d'une si extraordinaire gentillesse. Je me lançais parfois dans de vagues conjectures, passablement décousues, sur la façon dont le futur incertain (car tous les futurs sont incertains !) allait les traiter et peut-être les blesser. Ils étaient dans l'efflorescence de la santé et du bonheur ; cependant, comme si j'avais eu la responsabilité de deux jeunes seigneuries, de princes du sang pour qui tout, pour être dans l'ordre, doit être déterminé, réglé, prévu, la seule forme que pouvaient prendre, dans mon imagination, leurs années à venir était celle d'un prolongement romantique, et pour tout dire souverain, du jardin et du parc. Il se peut, bien sûr, que ce qui soudain fit irruption donne après coup au temps d'avant le charme de la quiétude – ce calme au sein duquel quelque chose se love et se ramasse. Le changement fut vraiment comme le bond de la bête[1].

---

1. Autoréférence anticipée : *The Beast in the Jungle* ne paraîtra qu'en 1903, mais ce thème du « bond de la bête » est depuis longtemps présent dans l'œuvre de James.

Les premières semaines, les jours étaient longs ; souvent, à leur apogée, je pouvais jouir de ce que j'appelais « mon heure à moi », une heure où, mes élèves ayant pris leur collation et étant couchés, j'avais, avant de me retirer pour la nuit, un court entracte de solitude.

Quelque affection que j'eusse pour mes compagnons, cette heure était mon moment préféré de la journée. Je l'aimais surtout lorsque la lumière diminuait – ou plutôt, devrais-je dire, que le jour s'attardait, que, des vieux arbres, s'élevaient les derniers appels des oiseaux sous le ciel empourpré – et que je pouvais sortir faire un tour dans les jardins et jouir, avec un sentiment de quasi-propriété qui m'amusait et me flattait, de la beauté et de la majesté de l'endroit. À ces moments, j'avais plaisir à me sentir l'esprit en repos, en accord avec ma conscience ; sans doute peut-être aussi à songer que, par ma discrétion, mon calme bon sens et ma haute rectitude morale, je satisfaisais – si toutefois il y pensait ! – la personne à l'insistance de qui j'avais consenti. Ce que je faisais était ce qu'il avait profondément souhaité, qu'il m'avait explicitement demandé, et que je fusse réellement capable de l'accomplir me procurait une plus grande joie que je ne l'avais escompté. En bref, je suppose que je me peignais à moi-même comme une jeune femme exceptionnelle et que je me confortais dans la conviction que, tôt ou tard, cela apparaîtrait publiquement. Et de fait, il me fallut être exceptionnelle pour affronter les choses tout aussi exceptionnelles qui se manifestèrent alors pour la première fois[1].

1. L'ordre littéral de la phrase, dans sa simplicité même, donne la (possible) « logique » d'une autosuggestion : la jeune fille se peint à elle-même comme exceptionnelle – création d'une image de soi

Ce fut un après-midi, au beau milieu de mon heure de prédilection : les enfants étaient bordés dans leur lit et j'étais sortie pour ma promenade. Une de mes pensées familières – je n'ai plus la moindre réticence à le dire maintenant –, pendant ces flâneries, était qu'il y aurait un charme hautement romanesque à soudain rencontrer quelqu'un. Oui, quelqu'un allait apparaître là, devant moi, au détour d'un sentier, et me sourire avec approbation.

Je n'en demandais pas plus, je voulais seulement qu'il *sût* ; et la seule façon d'être certaine qu'il savait était de le lire dans une lueur bienveillante passant sur son beau visage. Tout cela m'était exactement présent – je veux dire, son visage – quand, dans cette première circonstance, à la fin d'un long jour de juin, je me figeai net au sortir d'un bosquet, en vue de la maison. Ce qui m'avait soudain immobilisée, en proie à un choc plus violent que tout ce qu'une quelconque hallucination aurait pu produire, c'était la sensation que mon imagination était, en un éclair, devenue réalité. Il était vraiment là ! Mais très haut au-dessus de la pelouse, tout au sommet de la tour où m'avait conduite, le premier matin, la petite Flora. Cette tour faisait pendant à une autre : deux constructions incongrues, carrées et crénelées, que, pour quelque raison, et bien que j'y visse peu de différence, on distinguait l'une de

_____

qui réactive le thème (mystificateur) du miroir – et a la conviction que « cela apparaît[ra] publiquement ». Effectivement, cela « apparaît[ra] » – au sens propre d'« apparition » – et la superposition du caractère « exceptionnel » de la gouvernante et des « choses » auxquelles elle va être confrontée est soulignée par la reprise, par trois fois, du même mot « exceptionnelle ».

l'autre par les noms de « nouvelle » et de « vieille »
tour. Elles flanquaient les deux extrémités opposées de
la maison et étaient à l'évidence des hérésies architec-
turales, en partie sauvées par le fait qu'elles n'étaient
pas totalement saillantes, ni d'une hauteur trop osten-
tatoire. Avec leur côté faussement moyenâgeux, elles
dataient de la période romantique, déjà devenue un
passé respectable[1]. Je les admirais, elles m'avaient fait
rêver, car elles nous fascinaient tous dans une certaine
mesure, spécialement quand elles émergeaient indistinctement de l'ombre, par leur dimension de véritables
remparts. Pourtant, ce n'était pas dans un tel contexte
que la silhouette que j'avais si souvent évoquée semblait le mieux à sa place[2].

Cette forme, dans le clair crépuscule, je m'en souviens, produisit en moi deux bouffées d'émotion dis-
tinctes, nettement liées aux contrecoups de ma première
et de ma seconde surprise.

La seconde surprise fut la conscience brutale de
l'erreur de la première : l'homme que rencontrait
mon regard n'était pas celui que je l'avais hâtive-
ment supposé être. J'en éprouvai un trouble de mes
facultés visuelles dont, après toutes ces années, je
ne peux espérer donner une représentation évocatrice.

------

1. Ce côté faussement moyenâgeux évoque la mode Walter
Scott, née au premier tiers du XIXe siècle. Flaubert en fera un trait
de caractère fondamental de Madame Bovary, dans son roman paru
en 1857. Or James se lia avec Flaubert en 1876, et lui portait une
grande admiration. Sans doute serait-il excessif de voir du bova-
rysme dans la jeune gouvernante, mais on ne peut exclure certaines
réminiscences… 2. Cette « apparition » au sommet d'une tour
évoque évidemment le « fantôme » du père de Hamlet et introduit
le thème de la folie.

Un homme inconnu dans un endroit solitaire est un objet de frayeur bien compréhensible pour une jeune fille élevée au sein de sa famille, et la silhouette qui me faisait face – quelques secondes suffirent à m'en persuader – n'était pas plus celle de quiconque fût connu de moi, qu'elle n'était l'image qui avait habité mon esprit. Je ne l'avais pas vue à Harley Street, je ne l'avais vue nulle part. Qui plus est, l'endroit, de la manière la plus étrange qui soit, était devenu en un instant, et du fait de cette apparition, un lieu désolé. Pour moi, qui livre ici ce témoignage avec une vigilance plus scrupuleuse que jamais, la sensation de ce moment resurgit tout entière. C'était comme si, pendant le moment où je prenais effectivement conscience de ce qui me frappait, la scène entière avait été saisie par la mort. J'entends encore, tandis que j'écris, le silence abyssal dans lequel sombrèrent les bruits du soir. Les corneilles cessèrent de croasser dans le ciel d'or et l'heure amicale perdit, pendant une indicible minute, toutes ses voix. Mais il n'y eut pas d'autre changement dans la nature, si ce n'est que je voyais tout avec une très étrange acuité. Le ciel demeurait d'or, l'air transparent, et l'homme qui me regardait par-dessus les créneaux était aussi distinct qu'un portrait dans son cadre. C'est ainsi que j'inventoriais, avec une extraordinaire rapidité, tous ceux qu'il aurait pu être et qu'il n'était pas. Nous nous fîmes face, par-delà la distance, assez longtemps pour que je puisse chercher intensément qui il était et pour éprouver, devant mon incapacité à répondre, une stupeur dont l'intensité croissait à chaque seconde.

La grande question, ou l'une des questions essentielles, est, je le sais, à propos de certains faits, de savoir combien de temps cela a duré. Eh bien, la chose, qu'on en pense ce qu'on veut, dura le temps que j'envisage une douzaine de possibilités, sans qu'aucune pût prévaloir, pour expliquer qu'il y eût dans la maison – et depuis combien de temps ? – une personne dont j'ignorais la présence. Cela dura le temps que je m'insurge un peu en pensant que la nature de ma charge excluait une telle ignorance, de même, d'ailleurs, qu'une telle présence. Cela dura, en tout cas, le temps que le visiteur – mais il y avait en outre un soupçon d'étrangeté, je m'en souviens, dans la familiarité qu'impliquait le fait qu'il ne portât pas de chapeau[1] – parut me fixer de sa place, avec une interrogation, un regard scrutateur à travers la lumière qui pâlissait, identiques à ceux que sa propre présence provoquait en moi. Nous étions trop loin l'un de l'autre pour nous parler, mais il y eut un moment où, plus proches, une apostrophe réciproque, rompant le silence, eût nécessairement résulté de la fixité de notre face-à-face. Il était à l'un des angles de la tour, le plus éloigné de la maison, très droit – cela me frappa –, les deux mains sur le parapet. C'est ainsi que je le vis, aussi clairement que je vois les lettres que je trace sur cette page. Puis, après une minute exactement, comme pour enrichir le spectacle, il changea lentement de place et passa, sans cesser de me regarder fixement, dans le coin opposé de la plate-forme. Oui, je sentis intensément que, durant ce déplacement, il ne détacha

---

1. Ce qui signifierait qu'il vient de l'intérieur de la propriété, et non de l'extérieur, où il convient de porter un chapeau.

pas les yeux de moi et je vois encore la manière dont sa main, à mesure qu'il marchait, passait d'un créneau à l'autre. Il s'arrêta à l'autre coin, mais moins longtemps, et même en s'éloignant, il me fixait toujours avec insistance. Il s'en alla. Et ce fut tout ce que j'en sus.

IV

Sans doute m'attendais-je à davantage, cette première fois, car je restai clouée sur place de saisissement. Y avait-il un secret à Bly, une sorte de mystère
d'Udolphe[1] ou un parent fou, inavouable, séquestré
dans une cachette insoupçonnée[2] ? Je ne peux dire
combien de temps j'agitai ces pensées, et combien de
temps je restai là où le coup m'avait atteinte, vacillant
entre la curiosité et l'inquiétude. Je me souviens seulement que, lorsque je rentrai à la maison, la nuit était

---

1. *Les Mystères d'Udolphe*, d'Ann Radcliffe, sont publiés en
1794. C'est son quatrième roman, et le plus populaire. Il retrace
les aventures d'Émilie Saint-Aubert qui, parmi bien d'autres péri-
péties, va perdre son père, devoir faire face à la terreur et au
surnaturel dans un château lugubre, et être confrontée aux sinistres
machinations d'un brigand italien. Le livre est tenu pour l'arché-
type du « roman gothique », lequel prélude à la vogue du roman
fantastique. Il était, dit-on, particulièrement apprécié des lectrices.
2. L'allusion à *Jane Eyre*, le roman de Charlotte Brontë publié en
1847, est transparente. Outre que son histoire est présentée – elle
aussi – comme l'autobiographie de l'auteur, elle décrit l'amour
d'une jeune gouvernante, Jane Eyre, pour son maître – amour dont
l'accomplissement nuptial est empêché par la découverte d'une
première épouse de Mr Rochester, démente et recluse dans une
pièce secrète du château. Comme *Les Mystères d'Udolphe*, le
roman eut un énorme succès parmi les lectrices du temps.

complètement tombée. Une certaine agitation, dans l'intervalle, m'avait certainement saisie et entraînée inconsciemment, car j'avais bien parcouru trois miles en décrivant des cercles autour de l'endroit. Mais je devais en arriver, ensuite, à de tels foudroiements que ce simple éclair d'angoisse était, en comparaison, un émoi tout humain. En fait, ce qu'il y eut en tout cela de plus étrange – bien que tout le reste l'eût été aussi – fut ce dont je pris conscience dans le hall en rencontrant Mrs Grose. Dans la série de mes souvenirs, l'image m'en revient, l'impression que me firent, à mon retour, le vaste espace brillamment éclairé, avec ses panneaux blancs, ses portraits et le tapis rouge, et le bon regard interrogateur de mon amie qui me dit immédiatement qu'elle s'était inquiétée de mon retard. En la voyant, je fus intimement persuadée que, dans sa sincère bonté, elle était soulagée par mon arrivée, et qu'elle ne savait absolument rien qui fût en rapport avec l'incident que je m'apprêtais à lui raconter. Je n'avais pas prévu que son visage affable m'arrêterait net et, d'une certaine façon, ce fut mon hésitation à lui dire ce que j'avais vu qui m'en fit mesurer l'importance.

Peu de choses, dans l'ensemble de l'histoire, me semblent aussi bizarres que ce constat que le véritable début de ma peur se confondit, pourrait-on dire, avec le désir instinctif d'épargner ma compagne. C'est pourquoi, sur-le-champ, dans le hall accueillant, sous son regard, pour une raison que je ne pouvais alors formuler, une révolution intérieure s'accomplit en moi : je trouvai un vague prétexte pour mon retard et, arguant de la beauté de la nuit et de mes pieds mouillés par la rosée abondante, je montai le plus vite possible dans ma chambre.

Là, ce fut une autre affaire – et pendant bien des jours, une très bizarre affaire. Il y avait des heures, chaque jour – ou au moins des moments, parfois dérobés à des tâches impératives –, où il me fallait m'enfermer dans ma chambre pour réfléchir. Ce n'était pas tant que je fusse déjà plus inquiète qu'il n'était supportable, mais bien que je craignais terriblement de le devenir. L'évidence à laquelle j'étais maintenant confrontée était purement et simplement que je ne trouvais strictement aucune explication au visiteur dont l'existence me sollicitait de manière si inexplicable et pourtant, me semblait-il, si intime. Il me fallut peu de temps pour voir que je pourrais aisément percer à jour, sans que cela prît l'allure d'une enquête ou que cela suscitât des remarques, une éventuelle intrigue domestique. Sans doute le choc que j'avais subi avait-il aiguisé tous mes sens : j'acquis la conviction, au bout de trois jours d'observation attentive, que personne parmi les domestiques ne s'était joué de moi et que je n'avais été l'objet d'aucune plaisanterie. Quoi que ce fût dont j'avais eu connaissance, rien n'en était su autour de moi. Il n'y avait qu'une explication sensée : quelqu'un s'était arrogé une liberté quasiment monstrueuse.

C'est ce que je me répétais inlassablement à moi-même quand je me réfugiais dans ma chambre, où je m'enfermais. Nous avions été, collectivement, victimes d'une violation de propriété ; quelque voyageur sans scrupule, amateur de vieilles demeures, s'était introduit ici sans être vu, avait choisi le meilleur point de vue pour jouir du panorama, et était parti aussi furtivement qu'il était entré. S'il m'avait jeté un regard aussi impudent, cela faisait partie de ses mauvaises manières. Après tout, le bon côté de la chose était que nous ne le reverrions certainement pas.

J'admets que, plus que ce « bon côté de la chose » s'imposait une conclusion : ce qui, surtout, rendait le reste à peu près insignifiant, était le charme de ma tâche. Ma charmante tâche était juste de vivre avec Miles et Flora, et rien ne pouvait me la faire plus aimer que de sentir que plus je m'y plongeais, plus j'émergeais de mon trouble. La séduction de mes deux élèves m'était une joie de tous les instants, et renouvelait mon étonnement devant le peu de fondement de mes peurs antérieures, de la répulsion que j'avais commencé par éprouver pour la prévisible grisaille de ma prosaïque fonction. Il s'avérait que ce ne devait pas être une grisaille prosaïque, pas plus qu'un travail d'une affligeante monotonie ; et comment une tâche aurait-elle pu n'être pas charmante quand elle s'offrait comme l'incarnation quotidienne de la beauté ? C'était tout le romanesque de l'enfance et la poésie des salles d'étude. Je ne veux évidemment pas dire par là que nous n'étudiions que des fictions et des vers ; je veux dire que je ne peux exprimer autrement la nature de l'intérêt que mes jeunes compagnons m'inspiraient. Comment puis-je le décrire, sinon en disant qu'au lieu de tomber dans une mortelle accoutumance – et c'est un miracle pour une institutrice, j'en prends à témoin mes consœurs ! –, je faisais constamment de nouvelles découvertes ?

Il y avait cependant un point sur lequel achoppaient ces découvertes : une obscurité profonde continuait à couvrir ce qui concernait la conduite du petit garçon au collège. J'ai déjà dit qu'il m'avait été brièvement donné d'affronter ce mystère sans pincement de cœur. Peut-être serait-il plus proche de la vérité de dire que, sans un mot, il avait lui-même tiré l'affaire au clair : il avait rendu toute l'accusation absurde. Mes conclusions, sur ce point, se nourrissaient de l'incarnat léger de son innocence : c'est qu'il était trop beau et trop noble pour l'horrible et sale petit monde du collège, et qu'on le lui avait fait payer. Je pensais avec perspicacité que, toujours, le constat d'une telle supériorité suscite infailliblement la vindicte de la majorité – qui peut même inclure de sordides et stupides directeurs.

Les deux enfants étaient d'une gentillesse – c'était leur seule faille, mais cela ne fit jamais de Miles un niais – qui les rendait, comment puis-je dire ? presque impersonnels[1] et certainement presque impossibles à punir. Ils étaient, moralement du moins, comme ces chérubins de l'anecdote qui n'ont rien à fesser ! Je me souviens d'avoir ressenti, surtout avec Miles, pour ainsi dire l'impression qu'il n'avait strictement rien à raconter, pas même la plus infinitésimale histoire. On n'attend qu'assez peu d'« antécédents » chez un enfant, mais ce qui me frappait chez cet exquis petit garçon était quelque chose d'extraordinairement sensible, et cependant d'extraordinairement heureux, qui, plus que chez aucun être de cet âge que j'avais connu, était absolument neuf chaque matin. Il n'avait jamais souffert, fût-ce une seconde. J'y vis la preuve évidente qu'il n'avait jamais été châtié. S'il s'était mal conduit,

---

1. Il y a un effacement de la réalité de Miles et de Flora – « *so charming* » –, qui sont presque des abstractions, des archétypes de la poétique innocence enfantine, du « romanesque [...] des salles d'étude ». Ils n'ont quasiment pas de corps, et on ne les a jamais entendus directement. Dans le texte, la première prise effective de parole de Miles se produira au chapitre XI, et marquera le tournant du récit.

il n'y aurait pas échappé et, par contrecoup, cela ne m'aurait pas échappé : j'en aurais perçu la trace, j'aurais senti la blessure et le déshonneur.

Je ne pouvais rien reconstituer du tout, donc c'était un ange. Il ne parlait jamais du collège, ne mentionnait jamais un camarade ou un maître ; et, de mon côté, tout cela me répugnait trop pour que j'y fisse allusion. Bien sûr, j'étais sous le charme, et l'étonnant est que, même à ce moment, je savais pertinemment que je l'étais. Mais je m'y abandonnais ; c'était un antidote à toutes mes souffrances, et j'en avais mon lot. Je recevais à l'époque des lettres inquiétantes de chez moi où tout n'allait pas pour le mieux. Mais avec cette joie que me donnaient les enfants, qu'importait le reste du monde ? C'était la question qui occupait mes brèves retraites. J'étais enivrée de leur beauté.

Mais continuons. C'était un dimanche où il avait plu avec une telle violence et pendant si longtemps que nous n'avions pu aller en procession à l'église ; c'est pourquoi, comme la journée avançait, j'étais convenue avec Mrs Grose que, si le temps se levait dans la soirée, nous pourrions assister ensemble au dernier office. La pluie s'arrêta opportunément et je me préparai pour notre promenade qui, à travers le parc et par la grand-route menant au village, était l'affaire de vingt minutes. En descendant pour rejoindre ma compagne dans le hall, je me souvins d'une paire de gants qui avait eu besoin de quelques points et les avait reçus – d'une manière publique peut-être peu édifiante[1] – pendant

---

1. Sans doute faut-il comprendre que le dimanche étant « le jour du Seigneur », on ne peut y pratiquer aucune activité qui ressemble à un travail : le « repos dominical » correspond au septième jour de la création, où Dieu lui-même « se reposa » (Genèse, 2, 3).

que je prenais avec les enfants le thé qui était servi le dimanche, à titre exceptionnel, dans ce sanctuaire d'acajou et de cuivre net et glacé – la salle à manger des grandes personnes. J'avais laissé là mes gants et j'y retournai les chercher. Le jour tombait, mais la lumière de l'après-midi s'attardait encore et elle me permit, en franchissant le seuil, non seulement de reconnaître, sur une chaise proche d'une large fenêtre maintenant fermée, les objets que je cherchais, mais de percevoir la présence, de l'autre côté de la fenêtre, d'une personne qui regardait droit à l'intérieur.

Un pas dans la pièce avait suffi, la vision fut instantanée. Tout revint : la personne qui regardait ainsi à l'intérieur était celle qui m'était déjà apparue. Il apparaissait à nouveau avec, je ne puis dire une plus grande netteté parce que c'était impossible, mais une proximité qui marquait un pas en avant dans nos rapports et qui, quand je le vis, me coupa le souffle et me glaça tout entière. C'était lui, c'était lui et je le voyais alors comme je l'avais vu avant, jusqu'à la taille, car la fenêtre, bien que la salle à manger fût au rez-de-chaussée, ne descendait pas jusqu'à la terrasse où il se tenait. Son visage était collé à la vitre, mais, étrangement, l'effet majeur de cette vision rapprochée fut de me révéler combien la première avait été intense. Il ne resta que quelques secondes, assez pourtant pour que je sois convaincue que lui aussi m'avait vue et reconnue ; mais c'était comme si je le regardais depuis des années, comme si je l'avais toujours connu. Cependant, quelque chose survint cette fois qui n'était pas arrivé la fois précédente ; son regard fixe dardé sur mon visage, par-delà la vitre, et à travers la pièce, était aussi profond et tendu qu'alors, mais il me délaissa un moment pendant lequel je pus continuer à l'observer, et où je le vis fixer successivement d'autres objets. À l'instant me foudroya une certitude supplémentaire : ce n'était pas pour moi qu'il était venu. Il était venu pour quelqu'un d'autre.

L'éclair de cette révélation – car dans ce brouillard d'effroi, c'était une révélation – produisit en moi un effet très extraordinaire : il éveilla, comme je restais là, un soudain sursaut de courage et de sens du devoir. Je dis courage parce que, indéniablement, j'étais hébétée. Je repassai la porte de la pièce d'un bond, atteignis celle de la maison, je fus en un instant dans l'allée et, longeant la terrasse du plus vite que je pus, je tournai le coin et arrivai en pleine vue.

Ce fut en pleine vue de personne : mon visiteur s'était évanoui. Je m'arrêtai et m'affaissai presque, de profond soulagement, mais j'englobai du regard toute la scène – je lui donnai le temps de réapparaître. Je parle de temps, mais combien cela dura-t-il ? Je ne peux dire avec certitude, aujourd'hui, la durée de ces choses. J'avais perdu la faculté de la mesurer ; cela ne pouvait avoir duré autant qu'il me semblait en toute bonne foi. La terrasse et tout ce qui l'entourait, la pelouse et, derrière, le jardin, tout ce que je pouvais voir du parc, était vide, immensément vide. Il y avait des fourrés et des bosquets, mais je me rappelle ma totale conviction qu'aucun ne le dissimulait. Il était là ou n'était pas là, et il n'était pas là si je ne le voyais pas. Je n'en démordais pas. Puis, instinctivement, au lieu de m'en retourner comme j'étais venue, je me dirigeai vers la fenêtre. S'imposait confusément à moi la nécessité de me mettre à la place où il s'était tenu. Je le fis ; j'appuyai mon visage contre la vitre et

regardai, comme il avait regardé, à l'intérieur de la
pièce. Et, à ce moment, comme pour me montrer exactement ce qu'avait été son champ de vision, et comme
je l'avais fait moi-même par rapport à lui peu avant,
Mrs Grose entra, venant du hall. Ainsi vis-je la répétition parfaite de ce qui s'était déjà produit. Elle me
vit comme j'avais vu mon visiteur surnaturel[1], elle
s'arrêta net comme je l'avais fait. Je lui causai en partie
le choc que j'avais moi-même ressenti. Elle devint
livide, et je me demandai si j'avais moi-même pâli à
ce point. Bref, elle regarda fixement et se retira en
mimant exactement mon propre jeu, et je sus qu'elle
sortait et faisait le tour jusqu'à moi, et qu'elle allait
bientôt me rejoindre. Je restai où j'étais et, en l'attendant, une foule de pensées me traversèrent l'esprit.
Mais il n'y en a qu'une que je prendrai la peine de
mentionner. Je me demandais bien pourquoi, grands
dieux, elle était terrifiée.

---

1. On notera que le caractère « surnaturel » du visiteur est pour
la première fois nommé par la gouvernante comme tel.

V

Oh, elle me le fit savoir dès qu'elle émergea à ma vue, au coin de la maison. « Au nom du ciel, que vous arrive-t-il ? » Elle était maintenant rouge et essoufflée.

Je ne dis rien jusqu'à ce qu'elle fût très près. « À moi ? » Je devais avoir fait une étrange grimace. « Est-ce que cela se voit ?

— Vous êtes blanche comme un linge. Vous avez une tête épouvantable. »

Je réfléchis. Sur ce point, je pouvais opposer sans scrupule la plus grande innocence. Mais mon dessein de respecter l'innocence épanouie de Mrs Grose avait glissé de mes épaules, sans un froissement d'étoffe, et si j'hésitai un instant, ce ne fut pas à cause de ce que je gardais par-devers moi. Je lui tendis la main et elle la prit ; je la serrai un peu convulsivement, pour le plaisir de la sentir proche. Son timide sursaut d'étonnement me fut une sorte d'aide.

« Je sais, vous êtes venue me chercher pour aller à l'église, mais je ne peux pas y aller.

— Il s'est passé quelque chose ?

— Oui. Il faut à présent que vous le sachiez. Avais-je l'air très bizarre ?

— De l'autre côté de la fenêtre ? Terrifiante !

— C'est, dis-je, que j'avais été terrifiée. » Les yeux de Mrs Grose exprimèrent clairement qu'elle-même n'avait nulle envie de l'être, mais aussi qu'elle était trop consciente de sa position pour n'être pas prête à partager avec moi tout désagrément notable. Oh, il était bien dans mon intention qu'elle partageât ! « Ce que vous avez vu de la salle à manger, il y a une minute, en était la conséquence. Ce que moi, j'avais vu juste avant était infiniment pire. »

Sa main m'étreignit plus fort. « Qu'est-ce que c'était ?

— Un homme extraordinaire. Qui regardait à l'intérieur.

— Quel homme extraordinaire ?

— Je n'en ai pas la moindre idée. »

Mrs Grose scruta en vain les alentours. « Et où est-il parti ?

— Je le sais encore moins.

— Vous l'aviez déjà vu ?

— Oui, une fois, sur la vieille tour. »

Son regard se fit plus insistant. « Voulez-vous dire que c'est un inconnu ?

— Oh, tout à fait !

— Pourtant, vous ne m'en avez pas parlé ?

— Non, j'avais mes raisons. Seulement, maintenant que vous l'avez deviné… »

Les yeux ronds de Mrs Grose ne cillèrent pas à cette assertion.

« Mais je n'ai rien deviné ! dit-elle très simplement. Comment le pourrais-je, si vous-même n'en avez aucune idée ?

— Strictement aucune.

— Vous ne l'avez vu nulle part, sauf sur la tour ?

— Et ici, juste maintenant. »

Mrs Grose jeta à nouveau un coup d'œil circulaire. « Qu'est-ce qu'il faisait sur la tour ?

— Il se tenait juste là, et il me regardait. »

Elle réfléchit un instant. « Était-ce un gentleman ? »

Je n'eus pas besoin de réfléchir. « Non. » Elle me regarda avec un étonnement croissant. « Non !

— Et personne de la maison, personne du village ?

— Personne, personne. Je ne vous l'ai pas dit, mais je m'en suis assurée. »

Elle eut un vague soupir de soulagement : bizarrement, c'était toujours autant de gagné. Seulement, cela n'allait pas loin. « Mais, si ce n'est pas un gentleman…

— Qu'est-ce que c'est ? C'est une abomination.

— Une abomination ?

— Absolument. Que Dieu m'aide si je sais ce qu'il est ! »

Une fois de plus, Mrs Grose jeta un coup d'œil alentour, arrêta son regard sur les lointains qui s'enténébraient, puis, se reprenant, elle se tourna vers moi en disant, au mépris de toute logique : « Nous devrions déjà être à l'église.

— L'église n'est pas ce qu'il faut !

— Cela ne vous ferait-il pas du bien ?

— Cela ne leur en ferait pas, à eux ! » Je désignais la maison de la tête.

« Aux enfants ?

— Je ne peux pas les laisser maintenant.

— Vous avez peur ? »

Je répondis sans ambages : « De lui, j'ai peur. »

À ces mots, pour la première fois, le large visage de Mrs Grose refléta faiblement la lointaine lueur d'une compréhension plus précise : j'y lus la lente naissance d'une idée qu'elle ne tenait pas de moi, et qui m'était jusqu'ici indiscernable. Il me revient que j'y pensai, dans l'instant, comme à quelque chose que je pourrais lui extorquer ; cela me parut être lié au désir qu'elle montra, bientôt, d'en savoir plus. « C'était quand, sur la tour ?

— Vers le milieu du mois. À la même heure.

— Presque la nuit, dit Mrs Grose.

— Oh, non, loin de là. Je l'ai vu comme je vous vois.

— Mais comment est-il entré ?

— Et comment est-il sorti ? » Je me mis à rire. « Je n'ai pas eu le loisir de le lui demander ! Ce soir, continuai-je, vous voyez, il n'a pas pu entrer.

— Il ne fait que regarder à la dérobée ?

— J'espère qu'il en restera là ! » Elle m'avait lâché la main ; elle se détourna un peu. J'attendis un instant, puis je jetai : « Allez à l'église. Bonsoir. Moi, je dois veiller. »

Lentement, elle me fit face. « Vous avez peur pour eux ? »

À nouveau, nous échangeâmes un long regard. « Pas vous ? » Au lieu de répondre, elle s'approcha de la fenêtre et, pendant une minute, elle appuya son visage contre la vitre. « Vous voyez comme lui pouvait voir », continuai-je.

Elle ne bougea pas. « Combien de temps est-il resté ?

— Jusqu'à ce que je sorte. J'étais sortie pour aller le trouver. »

Mrs Grose se retourna enfin, son visage s'anima. « Moi, je n'aurais pas pu sortir.

— Moi non plus ! dis-je, me remettant à rire. Mais je l'ai fait. J'ai un devoir à remplir.

— Moi aussi », répliqua-t-elle ; après quoi elle ajouta : « À quoi ressemble-t-il ?

— Je mourrais d'envie de vous le dire. Mais il ne ressemble à personne.

— À personne ? répéta-t-elle.

— Il ne porte pas de chapeau. » Puis, lisant sur son visage qu'à ce trait, avec un désarroi croissant, s'esquissait déjà pour elle un portrait, j'accumulai rapidement les touches. « Il a les cheveux roux, très roux, frisés serré, et un visage pâle, de forme allongée, avec des traits fermes et réguliers et d'assez curieux petits favoris aussi roux que ses cheveux. Ses sourcils sont très arqués, comme s'ils étaient particulièrement mobiles. Il a des yeux perçants, et étranges – terriblement ; mais tout ce que je peux dire, c'est qu'ils sont plutôt petits et très fixes. Sa bouche est grande et ses lèvres minces et, hormis ses petits favoris, il est imberbe. Il me donne un peu l'impression de ressembler à un acteur.

— Un acteur ? » En tout cas, il était impossible d'y ressembler moins que Mrs Grose en cet instant.

« Je n'en ai jamais vu, mais c'est comme cela que je les imagine. Il est grand, vif, très droit, poursuivis-je, mais un gentleman, non, jamais[1] ! »

---

1. Cette description est le seul point de l'intrigue un peu gênant pour maintenir la double lecture du texte – « vrai » fantôme ou hallucination. Comment la gouvernante peut-elle connaître ces détails concernant Quint ? Peut-être par les trois jours d'enquête menée, après la première apparition, parmi les domestiques de Bly… James en jouera en prêtant à la gouvernante, au chapitre VIII, cet argument avérant la « réalité » de ses visions.

Le visage de ma compagne était devenu livide pendant que je parlais, elle avait les yeux exorbités, elle béait. Confondue, stupéfaite, elle balbutia : « Lui, un gentleman, un gentleman !

— Vous le connaissez donc ? »

Visiblement, elle essaya de se reprendre. « Mais enfin, il est beau, n'est-ce pas ? »

Je vis comment l'encourager à poursuivre. « Étonnamment !

— Et il est habillé comment ?

— Avec les vêtements de quelqu'un d'autre. Des vêtements élégants, mais qui ne sont pas les siens. »

Le souffle court, elle laissa échapper un gémissement affirmatif : « Ce sont ceux du maître ! »

Je saisis la balle au bond. « Alors, vous le connaissez ? »

Elle n'hésita qu'une seconde. « Quint ! s'écria-t-elle.

— Quint ?

— Peter Quint, son domestique personnel, son valet de chambre quand il était ici !

— Quand le maître était ici ? »

Encore effarée, mais allant dans mon sens, elle reconstitua le puzzle. « Il n'a jamais porté de chapeau, mais effectivement il portait… Enfin, plusieurs gilets avaient disparu ! Ils étaient tous les deux ici l'année dernière. Puis le maître s'en est allé, et Quint est resté seul. »

Je suivais, mais en marquant parfois le pas. « Seul ?

— Seul avec nous. » Puis, comme si elle extrayait les mots d'insondables profondeurs : « Avec toutes les responsabilités, ajouta-t-elle.

— Et qu'advint-il de lui ? »

Elle hésita si longtemps que j'en fus encore plus intriguée. « Il s'en est allé aussi, finit-elle par dire.

— Allé où ? »

À ces mots, son expression devint étrange. « Dieu sait où ! Il est mort.

— Mort ? » criai-je presque.

Elle sembla résolument se carrer sur elle-même, s'arrimer plus fermement, pour proférer l'extravagance de la chose. « Oui, Mr Quint est mort. »

VI

Bien entendu, il fallut plus que cet événement particulier pour nous mettre en face de ce avec quoi nous avions maintenant à vivre de notre mieux : ma terrible réceptivité aux visions du genre illustré à l'instant de façon si saisissante, et la connaissance qu'en avait désormais ma compagne – une connaissance partagée entre la consternation et la compassion. Ce soir-là, après la révélation qui m'avait laissée totalement prostrée une bonne heure, il n'y eut pas pour nous de service divin, mais un service tout humain fait de pleurs et de serments, de prières et de promesses, apogée de l'échange d'injonctions et d'engagements mutuels qui avaient suivi notre commune retraite dans la salle d'étude où nous nous étions enfermées pour nous expliquer. Le résultat de cette explication fut simplement de ramener notre situation à l'ultime rigueur de ses éléments fondamentaux.

Elle-même n'avait rien vu, pas l'ombre d'une ombre, et personne dans la maison, sauf l'institutrice, ne partageait l'épreuve. Cependant, elle accepta, sans mettre dans l'instant en doute ma raison, la vérité que je lui présentais, et elle en vint à me témoigner, en la circonstance, une tendresse vaguement craintive, une déférence pour mon plus que discutable privilège, sentiments dont le parfum même est demeuré en moi comme celui de la plus suave des bontés humaines.

Ce qui, par conséquent, fut convenu entre nous cette nuit-là fut que nous pensions pouvoir porter le poids de ces choses ensemble ; et je ne suis pas du tout sûre qu'en dépit de son exemption, ce fût elle qui eût la moindre part du fardeau. Je pense que je sus dès ce moment, comme je le sus plus tard, ce que j'étais capable d'affronter pour protéger mes élèves ; mais il me fallut quelque temps pour être totalement sûre de ce que ma loyale camarade était prête à assumer pour respecter les conditions d'un si rigoureux contrat. J'étais une bien bizarre compagnie, presque aussi bizarre que celle qui me visitait[1] ; mais quand je me remémore ce que nous traversâmes, je mesure quel remarquable terrain d'entente nous devons à la seule idée qui, par chance, pouvait réellement nous apporter quelque calme. Ce fut cette idée, ce second mouvement, qui m'extirpa, pourrais-je dire, de la chambre close de ma peur. Je pouvais au moins prendre l'air dans la cour, et là, Mrs Grose pouvait me rejoindre. C'est avec la plus grande précision que je me souviens maintenant de la manière exacte dont la force me revint, avant notre séparation pour la nuit. Nous avions ressassé chaque détail de ce que j'avais vu.

---

1. On notera que l'institutrice semble avoir l'intuition de contribuer à l'« inquiétante étrangeté » de la situation. Mais quand se fait-elle cette remarque ? Au moment de sa conversation avec Mrs Grose – ou lors de sa retranscription du récit ? Ces glissements autorisés par les mises en abyme temporelles que le prologue a, entre autres, pour fonction de signifier, permettent à James quelques prises de conscience qu'un récit sur le vif rendrait peu plausibles.

« Il cherchait quelqu'un d'autre, avez-vous dit, quelqu'un qui n'était pas vous ?

— Il cherchait le petit Miles. » Une prodigieuse lucidité m'habitait. « Voilà qui il cherchait.

— Mais comment le savez-vous ?

— Je le sais, je le sais, je le sais ! » Mon exaltation croissait. « Et vous aussi, vous le saviez, ma chère ! »

Elle ne le nia pas, mais je n'avais nul besoin de son assentiment, je le sentais. Elle reprit, un moment plus tard : « Et alors, si jamais il le voyait ?

— Le petit Miles ? C'est ce qu'il veut ! »

Son regard refléta à nouveau une immense frayeur. « L'enfant ?

— Le ciel nous en garde ! L'homme. Il veut leur apparaître à eux. » Qu'il pût avoir ce dessein était une terrible pensée et pourtant, d'une certaine façon, je pouvais la conjurer ; ce que d'ailleurs, comme nous nous attardions là, je parvins presque à prouver. J'avais l'absolue certitude que je reverrais ce que j'avais déjà vu, mais quelque chose en moi me disait qu'en m'offrant courageusement comme seul sujet d'une telle expérience, en l'acceptant, en la provoquant et en la surmontant totalement, je ferais office de victime expiatoire et je préserverais la tranquillité du reste de la maison. Les enfants en particulier, je leur serais un rempart et je les sauverais. Je me souviens d'une des dernières choses que je dis, ce soir-là, à Mrs Grose.

« Ce qui me frappe, c'est que mes élèves n'ont jamais parlé… »

Elle me jeta un regard lourd tandis que je m'arrêtais, pensive :

« De sa présence ici et du temps qu'ils ont passé avec lui ?

— Du temps qu'ils ont passé avec lui, de son nom, de sa présence, de son histoire, de quelque manière que ce fût. Ils n'y ont jamais fait allusion.

— Oh, la petite demoiselle ne s'en souvient pas. Elle n'a jamais rien entendu ni su.

— Des circonstances de sa mort ? » Je réfléchissais intensément. « Peut-être pas. Mais Miles devrait se souvenir, Miles devrait savoir.

— Ah, ne lui posez pas de questions ! » interrompit Mrs Grose.

Je lui rendis le regard qu'elle m'avait lancé. « N'ayez pas peur. » Je continuais de réfléchir. « C'est quand même bizarre.

— Qu'il n'en ait jamais parlé ?

— Qu'il n'y ait jamais fait la moindre référence. Et vous m'avez dit qu'ils étaient "grands amis".

— Oh, pas *lui*, précisa Mrs Grose. C'étaient juste les fantaisies de Quint. De jouer avec lui, je veux dire, de le gâter[1] exagérément. » Elle s'interrompit un moment, puis ajouta : « Quint prenait beaucoup trop de libertés. »

---

1. En anglais, le verbe *to spoil* (« gâter »), en parlant d'enfants, a un sens beaucoup plus négatif qu'en français. Il s'agit vraiment d'« abîmer », de « gâcher ». La question est d'autant plus importante que la nature des « libertés » que s'autorisait Quint avec Miles reste – et restera – suspendue. Quint transgressait-il « seulement » la réserve que lui imposait son statut social ? Ou ses familiarités vis-à-vis de Miles avaient-elles des aspects plus ambigus ? Ou encore cette dernière interprétation – qu'on retrouvera suggérée plusieurs fois – est-elle liée aux propres obsessions de la gouvernante, alors que Mrs Grose aurait en tête une désinvolture excessive de Quint au regard de son « rang » – et l'indulgence non moins excessive du maître vis-à-vis de ce comportement ? Voir la Préface.

J'en éprouvai, à l'évocation brutale de son visage – et quel visage ! –, un soudain dégoût nauséeux. « Des libertés avec mon petit garçon ?

— Des libertés avec tout le monde ! »

Je ne poussai pas l'analyse de cette déclaration plus avant que le constat qu'une partie pouvait s'en appliquer à plusieurs membres de la maison, à la demi-douzaine de servantes et de valets qui faisaient encore partie de notre petite colonie. Mais compta pour beaucoup, au regard de nos craintes, l'heureuse conjoncture qui voulait que nulle histoire affligeante, nul trouble ancillaire n'eût jamais, de mémoire d'homme, été lié à la bonne vieille demeure. Elle n'avait ni mauvais renom ni réputation scandaleuse et Mrs Grose, à l'évidence, ne désirait rien tant que s'accrocher à moi et trembler en silence. Je la mis même à l'épreuve en fin de soirée. Ce fut à minuit, dans la salle d'étude, et elle prenait congé, la main sur le bouton de la porte. « Ainsi, vous affirmez bien – car c'est de la plus grande importance – que sa conduite était résolument et notoirement mauvaise ?

— Oh, pas notoirement ! Moi, je le savais – mais pas le maître.

— Et vous ne le lui avez jamais dit ?

— Eh bien, il n'aimait pas les faiseurs d'histoires et il avait horreur qu'on se plaigne. Il était terriblement cassant dans ce genre d'affaire, et si les gens lui convenaient à lui…

— Il ne voulait pas être importuné par le reste ? » Cela cadrait assez bien avec l'impression qu'il m'avait donnée : il n'était pas homme à aimer les complications, ni, sans doute, très exigeant sur certains membres de son propre entourage.

Toutefois, j'insistai auprès de mon informatrice. « Je vous jure bien que moi, je l'aurais dit ! »

Elle perçut le reproche. « Je suppose que j'ai eu tort. Mais à vrai dire, j'avais peur.

— Peur de quoi ?

— De ce que cet homme pouvait faire. Quint était si habile – si rusé. »

Je fis plus de cas de cette remarque que probablement je ne le montrai. « Vous n'aviez pas peur d'autre chose ? de son influence ?…

— Son influence ? répéta-t-elle, attendant anxieusement tandis que j'hésitais.

— Sur de précieuses toutes petites vies innocentes. Ils étaient sous votre responsabilité.

— Non, ils n'étaient pas sous ma responsabilité ! répliqua-t-elle tout net avec une intonation de désespoir. Le maître avait confiance en lui et l'avait installé ici parce qu'il n'était pas, paraît-il, en bonne santé et que l'air de la campagne serait bon pour lui. Aussi il avait voix au chapitre sur tout. Oui, me lança-t-elle, même sur eux.

— Sur eux… cette créature ? » Je dus étouffer une sorte de rugissement. « Et vous pouviez supporter cela ?

— Non. Je ne pouvais pas, et je ne le peux toujours pas ! » Et la pauvre femme fondit en larmes.

À partir du lendemain, une stricte surveillance allait, comme je l'ai dit, s'exercer sur eux ; néanmoins, pendant cette semaine, combien de fois et avec quelle passion ne revînmes-nous pas sur le sujet ! Bien que nous en eussions discuté abondamment ce dimanche soir, je demeurai, surtout dans les heures qui suivirent immédiatement – car on peut imaginer si je dormis ! –, hantée par l'ombre de quelque chose qu'elle ne m'avait pas dit. Moi, je n'avais rien passé sous silence, mais il y avait un mot que Mrs Grose avait tu. Qui plus est, au matin, j'étais sûre que ce n'était pas par manque de franchise, mais parce que, de tout côté, il y avait péril. En vérité, quand je reviens sur tout ceci, il me semble bien qu'avant que le soleil du lendemain ne fût haut dans le ciel, j'avais fébrilement déchiffré dans les faits qui s'offraient à nous presque toute la signification qu'ils allaient, par la suite, recevoir d'événements plus cruels. Ce qu'ils me présentaient surtout, c'était la sinistre silhouette de l'homme vivant – le mort pouvait attendre ! – et les mois qu'il avait passés de manière ininterrompue à Bly, qui, additionnés, représentaient une période considérable. Cette époque maléfique n'avait fini que lorsque, à l'aube d'un matin d'hiver, Peter Quint avait été découvert, par un paysan allant tôt à son travail, raide mort sur la route du village : on expliqua le drame – du moins de prime abord – par une visible blessure à la tête qui pouvait avoir été causée (ce qui fut finalement prouvé) par une chute fatale qu'il avait faite en sortant de la taverne, dans le noir, sur le raidillon verglacé – une erreur de chemin – au pied duquel il gisait.

La pente gelée, l'erreur de direction sous l'effet de l'alcool, expliquaient beaucoup de choses – pratiquement, en définitive, après l'enquête et des bavardages sans fin, cela expliqua tout. Mais il y avait eu dans sa vie des éléments – d'étranges et périlleux incidents, de secrets débordements, des vices plus que soupçonnés – qui auraient fourni bien davantage d'explications.

Je ne sais trop comment trouver, pour mon récit, les mots qui donneraient une peinture convaincante de

mon état d'esprit ; mais, en ces jours, j'étais littéralement capable de trouver une grande joie dans l'extraordinaire envolée d'héroïsme que la situation exigeait de
moi. J'avais été élue, je le voyais maintenant, pour une
mission admirable et compliquée et il y aurait de la
grandeur à montrer – oh, juste à qui de droit ! – que
je pourrais réussir là où maintes autres filles auraient
échoué. Ce m'était une aide immense – j'avoue que je
m'en félicite plutôt quand j'y repense ! – d'avoir si
fermement et si simplement conçu ma réponse aux
événements. J'étais là pour protéger et défendre les
petites créatures les plus démunies et les plus adorables
du monde, dont l'appel à l'aide n'était soudain devenu
que trop explicite, pour la profonde et durable douleur
de quiconque leur portait de l'affection. Tous, nous
étions réellement coupés du monde, nous étions unis
dans un même danger. Ils n'avaient que moi, et moi...
eh bien, je les avais, eux. En un mot, c'était une occasion magnifique. Cette occasion se présentait à moi
sous les espèces d'une image très concrète. J'étais un
écran – je me tiendrais devant eux. Ils en verraient
d'autant moins que j'en verrais davantage. Je me mis
à les observer avec une suspicion aiguë, une tension
cachée, qui auraient bien pu, si cela avait duré trop
longtemps, me conduire au bord de la folie.

Ce qui me sauva, je le mesure maintenant, fut que
les choses tournèrent tout autrement. L'incertitude ne
dura pas ; elle fut remplacée par d'épouvantables
preuves. Des preuves – et je dis bien des preuves ! – à
partir du moment où je pris réellement les choses en
main.

Ce moment date de l'heure, dans l'après-midi, que
je passai dans le parc avec seulement la plus jeune de

mes élèves. Nous avions laissé Miles à la maison,
sur le coussin rouge d'une profonde embrasure de
fenêtre ; il avait souhaité finir un livre, et j'avais été
heureuse d'encourager un dessein si louable chez un
jeune garçon dont le seul défaut était une propen-
sion native à ne jamais rester en place. Sa sœur, au
contraire, avait été ravie de sortir, et je m'étais pro-
menée avec elle une demi-heure, recherchant l'ombre,
car le soleil était encore haut et la journée exception-
nellement chaude. Je remarquai à nouveau, en mar-
chant, combien, comme son frère, elle savait trouver
le moyen – et c'était ce que ces deux enfants avaient
d'adorable – de me laisser seule sans paraître m'abandonner et de m'accompagner sans devenir pesante. Ils
n'étaient jamais importuns et, cependant, jamais indif-
férents. Mon rôle envers eux consistait en fait à les
regarder s'amuser énormément sans moi : c'était un
spectacle qu'ils semblaient préparer avec ardeur et où
j'avais l'emploi d'admiratrice éblouie. Je déambulais
dans un monde de leur invention : ils n'avaient nul
besoin de puiser à la mienne ; de sorte que je n'étais
sollicitée que pour représenter la personne ou la chose
remarquables que requérait leur jeu du moment et
c'était toujours, du fait de ma position éminente et
respectée, une sinécure fort douce et extrêmement dis-
tinguée. J'ai oublié ce que j'étais à cette occasion ; je
me rappelle seulement que j'étais quelqu'un de très
important et de très paisible, et que Flora était absorbée
par son jeu.

Nous étions sur le bord du lac et, comme nous
avions récemment commencé la géographie, le lac était
la mer d'Azov.

Soudain, au milieu de ces éléments, je pris conscience que, de l'autre côté de la mer d'Azov, nous avions un spectateur intéressé. La façon dont cette conviction s'imposa à moi fut la plus étrange chose du monde – la plus étrange, si l'on excepte la chose beaucoup plus étrange en quoi elle se mua. J'étais assise, un ouvrage à la main – car j'étais je ne sais plus quoi qui pouvait s'asseoir –, sur le vieux banc de pierre d'où l'on contemplait la pièce d'eau ; et de cette place, je commençai à percevoir avec certitude, et cependant sans directement la voir, la présence, à bonne distance, d'une troisième personne. Les vieux arbres, les fourrés épais faisaient une ombre profonde et délicieuse, mais tout était inondé par l'éclat de l'heure tranquille et chaude. Nulle ambiguïté dans tout cela, et pas la moindre non plus dans la certitude que, brusquement, je sentis se former en moi concernant ce que j'allais voir, me faisant face de l'autre côté du lac, pour peu que je lève les yeux. Ils étaient fixés à ce moment sur l'ouvrage de couture que j'avais commencé, et je peux encore ressentir le spasme de mon effort pour ne pas les relever jusqu'à ce que je me sois suffisamment calmée pour décider quoi faire[1]. Il y avait, s'offrant à ma vue, un objet étranger – une forme[2] à qui je contestai immédiatement et passionnément le droit d'être là. Je me souviens parfaitement d'avoir énuméré toutes les possibilités, me redisant à moi-même que

---

1. La vision prend son origine dans la certitude intérieure de l'institutrice qu'une forme est là, attendant d'être vue pour se réaliser. Il y a là une étape importante puisque les apparitions précédentes s'étaient en quelque sorte imposées.   2. *A figure* : le mot est le même que celui employé pour l'« apparition » de Quint sur la tour (voir p. 54, note 2).

rien n'était plus normal, par exemple, que la présence d'un des employés de la propriété, ou même d'un messager, d'un facteur ou d'un garçon de course du village.

Ce discours intérieur n'avait pas plus d'effet sur mon intime conviction qu'il n'en avait – j'en étais consciente sans même avoir encore regardé – sur l'être et l'attitude de qui nous visitait. Rien de plus naturel que le fait que ces choses puissent être ce qu'elles n'étaient justement en aucun cas.

L'identité certaine de l'apparition, je m'en assurerais dès que la faible horloge de mon courage aurait marqué la seconde prescrite ; en attendant, avec un effort déjà assez violent, je tournai mon regard vers la petite Flora qui, pour l'heure, était à environ une vingtaine de mètres de moi. Mon cœur s'était arrêté un instant, dans l'effroyable incertitude de savoir si elle aussi avait vu ; et je retins mon souffle dans l'attente d'un cri, d'un quelconque signe innocent d'intérêt ou d'alarme qui me le dirait. J'attendis, mais rien ne vint. Puis d'abord – et il y a en cela, à mon sens, quelque chose de plus terrible qu'en tout ce que j'ai d'autre à relater – je tirai des conclusions de ce que, depuis une minute, tous les bruits spontanés qu'elle faisait avaient cessé ; et ensuite du fait que, depuis une minute aussi, elle avait, dans son jeu, tourné le dos à l'eau. Elle était ainsi quand enfin je la regardai – et la regardai avec la conviction renforcée que nous étions encore, toutes les deux, l'objet d'une observation attentive. Elle avait ramassé un petit morceau de bois plat où il se trouvait y avoir un trou, ce qui lui avait, à l'évidence, suggéré l'idée d'y introduire un autre fragment qui pourrait figurer un mât, et transformer le tout en bateau. C'était cette seconde pièce que, pendant que je la regardais, elle était, avec la plus ostensible attention, en train d'essayer de mettre en place.

L'appréhension que me donnait son attitude me fournit des forces telles qu'après quelques secondes, je me sentis prête pour davantage. Alors, je tournai à nouveau les yeux – et j'affrontai ce qu'il me fallait affronter.

VII

Après cela, je rejoignis Mrs Grose aussitôt que je le pus, et je ne puis décrire de manière intelligible contre quoi je me débattis dans l'intervalle. Pourtant je m'entends encore crier alors que je me jetais bel et bien dans ses bras : « Ils savent – c'est trop atroce ! Ils savent, ils savent !

— Quoi donc, pour l'amour de Dieu… ? » Je sentais son incrédulité pendant qu'elle m'étreignait.

« Mais tout ce que nous, nous savons – et Dieu sait quoi de plus ! » Puis, comme je quittais ses bras, je lui expliquai tout, me l'expliquant peut-être à moi-même avec une totale cohérence[1] seulement à ce moment. « Il y a deux heures, dans le jardin – je pouvais à peine articuler –, Flora a vu ! »

Mrs Grose reçut ces mots comme si elle avait pris un coup dans l'estomac. « Elle l'a dit ? demanda-t-elle, le souffle court.

— Pas un mot, c'est cela l'horreur. Elle l'a gardé secret ! Une enfant de huit ans, et cette enfant-là ! » Inexprimable était encore ma stupéfaction.

---

1. James suggère à nouveau que la « logique » du récit tel qu'il est livré par l'institutrice dans cette recension est (peut-être) une construction destinée à donner une cohérence – fût-elle affabulée – aux troubles qui l'agitent.

Mrs Grose en resta d'autant plus bouche bée. « Mais alors, comment le savez-vous ?

— J'étais là. J'ai vu, de mes yeux vu, qu'elle était parfaitement au courant.

— Vous voulez dire au courant de lui ?

— Non… d'elle. » En parlant, j'avais conscience que mon aspect évoquait des choses prodigieuses, car j'en vis le lent reflet sur le visage de ma compagne. « Cette fois-ci, c'était quelqu'un d'autre ; mais un personnage tout aussi indubitablement marqué d'horreur et de maléfice : une femme en noir, pâle et terrifiante, et avec quelle expression, elle aussi ! et quel visage ! – de l'autre côté du lac. J'étais là avec l'enfant… à ce moment, tranquille ; et au milieu de cette paix, elle est venue.

— Venue comment, et d'où ?

— De l'endroit d'où ils viennent ! Elle est juste apparue et est restée là – mais pas trop près.

— Et elle ne s'est pas approchée ?

— Oh, pour ce qui est de l'impression, de l'effet produit, elle aurait pu être aussi proche que vous ! »

Mon amie, mue par une bizarre impulsion, recula d'un pas. « Était-ce quelqu'un que vous n'aviez jamais vu ?

— Jamais. Mais c'était quelqu'un que l'enfant connaissait. Et vous aussi. » Et pour montrer combien j'avais tout compris, j'ajoutai : « Celle qui m'a précédée – et qui est morte.

— Miss Jessel ?

— Miss Jessel. Vous ne me croyez pas ? » insistai-je.

Elle hochait la tête de désarroi. « Comment pouvez-vous en être sûre ? »

Ces mots provoquèrent, dans l'état de mes nerfs, une brusque bouffée d'impatience. « Demandez donc à Flora – elle, elle en est sûre ! » Mais je n'eus pas plus tôt parlé que je me repris. « Non, pour l'amour de Dieu, n'en faites rien. Elle dirait le contraire – elle mentirait ! »

Mrs Grose n'était pas hébétée au point de ne pas protester d'instinct. « Oh, comment pouvez-vous oser… ?

— Parce que je vois clair. Flora ne veut pas que je sache.

— Alors, c'est seulement pour vous épargner.

— Non, non, il y a là des abîmes, des abîmes ! Plus je réfléchis, plus je perçois de choses, et plus je perçois de choses, plus j'ai peur. Et je ne sais même pas ce que je ne vois pas encore, ce dont je n'ai pas encore peur ! »

Mrs Grose essayait de me suivre. « Vous voulez dire que vous avez peur de la revoir ?

— Oh, non, cela n'est rien – maintenant ! » Je m'expliquai. « C'est de ne *pas* la voir. »

Mais ma compagne parut seulement affligée. « Je ne comprends pas.

— Eh bien, c'est que l'enfant peut continuer – et sans nul doute l'enfant continuera – sans que je le sache. »

À l'évocation de cette possibilité, Mrs Grose perdit un moment courage, mais, comme mue par la force puisée dans l'intuition de ce que, si nous cédions d'un pouce, il y aurait réellement à perdre, elle se reprit tout de suite : « Mon Dieu, mon Dieu… gardons nos esprits ! Après tout, si cela lui est égal !… » Elle tenta même une plaisanterie lugubre. « Peut-être aime-t-elle cela !

— Aimer de telles choses ! Un petit bout d'enfant !

— N'est-ce pas justement une preuve de sa bien-heureuse innocence ? » demanda courageusement mon amie.

Sur le moment, elle me persuada presque.

« Oh, nous devons nous accrocher à cette idée, nous y cramponner ! Si ce n'est pas une preuve de ce que vous dites, c'est une preuve de Dieu sait quoi ! Car cette femme est une horreur parmi les horreurs. »

À ces mots, Mrs Grose contempla un moment le sol, puis relevant enfin les yeux : « Dites-moi comment vous le savez, demanda-t-elle.

— Vous reconnaissez donc que c'est bien ce qu'elle était ? m'exclamai-je.

— Dites-moi comment vous le savez, répéta seulement mon amie.

— Comment je le sais ? Pour l'avoir vue ! À sa façon de regarder.

— De vous regarder, vous voulez dire… si méchamment ?

— Mon Dieu, non, j'aurais pu supporter cela. Elle ne m'a pas jeté un coup d'œil. Elle ne fixait que l'enfant. »

Mrs Grose essaya de se représenter la chose. « Elle la fixait ?

— Ah, avec des yeux tellement effrayants ! »

Elle regardait les miens comme s'ils avaient vrai-ment pu leur ressembler[1]. « Vous voulez dire, un regard méchant ?

---

1. Depuis le début de ce chapitre, il est perceptible que Mrs Grose commence à s'inquiéter des déductions hasardeuses de la jeune institutrice.

— Dieu nous aide, non. Quelque chose de bien pire.

— Pire que cela ? » Elle était complètement perdue.

« Elle la fixait avec une détermination… indescriptible. Avec une sorte de résolution furieuse[1]. »

Je la fis pâlir. « Une résolution ?

— De s'emparer d'elle. » Les yeux de Mrs Grose s'attardèrent un moment sur les miens, elle frissonna et se dirigea vers la fenêtre ; et tandis qu'elle se tenait là, regardant dehors, je complétai ma déclaration : « C'est cela que Flora sait. »

Au bout d'un moment, elle se retourna. « La personne était en noir, avez-vous dit ?

— En deuil. Vêtue plutôt pauvrement, presque misérablement. Mais – oh oui ! – d'une extraordinaire beauté. » Je compris alors vers quoi j'avais finalement, touche après touche, mené la victime de ma confidence, car, très visiblement, elle soupesait tout cela.

J'insistai : « Vraiment très, très belle, merveilleusement belle. Mais infâme. »

Elle revint lentement vers moi. « Miss Jessel… était infâme. » Une fois de plus, elle prit ma main entre les siennes, la tenant serrée comme pour me fortifier contre la montée d'appréhension que je pouvais éprouver à cette révélation. « Ils étaient tous deux infâmes », dit-elle enfin.

Pendant un moment, nous affrontâmes ce fait une fois de plus ensemble, et ce me fut véritablement une aide supplémentaire de l'envisager maintenant sans détour. « Je suis très sensible, dis-je, à l'extrême réserve qui vous a retenue jusqu'à présent de parler,

---

1. La « furie » (*fury*), en anglais comme en français, garde quelque chose de son sens ancien de « folie ».

mais le temps est certainement venu de tout me dire. »
Elle sembla acquiescer, mais restait néanmoins silencieuse ; voyant cela, je continuai : « Il faut que je sache
maintenant. De quoi est-elle morte ? Allons, il y avait
quelque chose entre eux.

— Il y avait tout.

— Malgré la différence… ?

— Oh, oui, de leur rang, de leur condition, s'exclama-
t-elle douloureusement. Elle, c'était une dame. »

J'y réfléchis, je compris. « Oui… c'était une dame.

— Et lui était tellement au-dessous d'elle », dit
Mrs Grose.

J'eus le sentiment qu'il était indiscutablement
superflu d'insister trop lourdement, en pareille compagnie, sur la place d'un serviteur dans l'échelle sociale ;
mais rien ne permettait de contester la propre estima-
tion que faisait ma compagne de l'avilissement de celle
qui m'avait précédée. Il y avait une manière de s'en
arranger et je m'en arrangeai, d'autant plus aisément
que j'avais – comme témoin oculaire – une vue précise
de feu l'habile et séduisant valet « personnel » de notre
employeur : un être impudent, sûr de lui, corrompu,
dépravé. « Ce type est une crapule », conclus-je.

Mrs Grose pesa l'expression comme s'il s'agissait
d'un cas requérant éventuellement un certain sens de
la nuance.

« Je n'ai jamais vu quelqu'un comme lui. Il faisait
ce qu'il voulait.

— D'elle ?

— D'eux tous. »

C'était comme si maintenant, aux propres yeux de
mon amie, Miss Jessel était réapparue. En tout cas, il
me sembla un instant percevoir l'évocation qu'elle en

faisait aussi distinctement que je l'avais vue, elle, près
de la pièce d'eau et je jetai résolument : « C'était sans
doute aussi ce qu'elle voulait ! »

Le visage de Mrs Grose signifia que c'était assurément le cas, mais elle dit en même temps : « Pauvre
femme… elle l'a bien payé !

— Alors, vous ne savez donc pas de quoi elle est
morte ? demandai-je.

— Non, je ne sais rien. Je ne voulais pas savoir ;
j'étais bien assez contente de ne pas savoir ; et je
remerciais le ciel qu'elle soit sortie de tout cela !

— Mais vous avez pourtant votre idée…

— Sur la vraie raison de son départ ? Oh, pour cela,
oui ! Elle ne pouvait pas rester. Pensez donc, ici… Une
institutrice ! Après, j'ai imaginé – et je m'imagine
encore. Et ce que j'imagine est horrible.

— Pas si horrible que ce que j'imagine, moi »,
répliquai-je ; sur quoi je dus – je n'en étais que trop
consciente – lui offrir un spectacle de pitoyable défaite.
Cela réveilla toute sa compassion et, à cette nouvelle
marque de sa bonté, ma force de résistance se brisa.
Je fondis en larmes comme je l'avais fait fondre en
larmes l'autre fois ; elle me serra sur sa poitrine mater-
nelle où mes lamentations débordèrent. « Je n'y arrive
pas, sanglotai-je désespérément. Je ne les sauve pas !
Je ne les protège pas ! C'est encore pire que je ne
l'avais imaginé. Ils sont perdus ! »

VIII

Ce que j'avais dit à Mrs Grose était à peu près vrai :
il y avait dans l'affaire que je lui avais révélée des
possibilités abyssales que je n'avais pas le courage
de sonder, de sorte que, quand nous nous rencontrâmes
à nouveau dans une identique perplexité, nous fûmes
du même avis sur notre devoir de résister aux imaginations extravagantes. Nous devions concentrer nos
esprits, à défaut d'autre chose et aussi difficile que ce
fût, sur tout ce qui, dans notre prodigieuse expérience,
semblait le moins douteux. Tard cette nuit-là, tandis
que la maison dormait, nous eûmes une autre conversation dans ma chambre, où elle convint sans réserve
qu'il était hors de doute que j'avais réellement vu ce
que j'avais vu. Je m'aperçus que, pour l'en persuader
définitivement, je n'avais qu'à lui demander comment,
si j'avais tout imaginé, j'aurais été capable de donner,
de chacune des personnes qui m'étaient apparues, un
portrait mentionnant, jusqu'au plus petit détail, leurs
signes distinctifs – un portrait d'après lequel elle les
avait immédiatement reconnus et nommés. Elle voulait, bien sûr, on ne peut l'en blâmer, enfouir toute
l'affaire ; et je l'assurai vivement que mon propre
intérêt me poussait maintenant très résolument à la
quête du moyen d'y échapper. J'admis de tout cœur

avec elle qu'il était vraisemblable que, les visions
se répétant – car nous tenions cette répétition pour
acquise –, je m'habituerais au danger ; et j'alléguai
fortement que le risque personnellement encouru était
soudain devenu le cadet de mes soucis. C'était mon
nouveau soupçon qui était intolérable et pourtant, à
cette surenchère même, les dernières heures du jour
avaient apporté un peu de soulagement.

En la quittant, après mon premier accès de désespoir,
j'étais bien sûr retournée à mes élèves, associant le
remède propre à guérir ma détresse à cette aura de
charme qu'ils dégageaient et que j'avais déjà identifiée
comme une ressource que je pouvais, à la lettre,
cultiver, et qui n'avait jamais encore failli. En d'autres
termes, je m'étais à nouveau plongée dans la particulière compagnie de Flora et je m'étais aperçue – c'était
presque un luxe ! – qu'elle pouvait consciemment poser
sa petite main juste à l'endroit douloureux. Elle m'avait
regardée d'un air doucement interrogateur et m'avait
accusée sans ambages d'avoir « pleuré ». J'en avais cru
effacés les vilains signes, mais, au moins dans l'instant,
je pus me réjouir vraiment, constatant son insondable
bonté, qu'ils n'eussent pas totalement disparu. Plonger
son regard dans les profondeurs bleues des yeux de
l'enfant et se convaincre que leur beauté puisse être le
piège d'une précoce rouerie eût été se rendre coupable
d'un cynisme auquel je préférais naturellement le
renoncement à mes facultés de jugement et, autant que
faire se pouvait, à mon agitation. Je ne pouvais y
renoncer du simple fait que je le désirais, mais je pouvais répéter à Mrs Grose – ce que je fis et refis là, aux
petites heures du jour – qu'avec dans l'air les voix de
nos jeunes amis, contre le cœur leurs corps pressés et

contre la joue leurs visages embaumés, tout disparais-
sait, excepté leur faiblesse et leur beauté.

Il était dommage que, je ne sais pourquoi, pour en
décider une fois pour toutes, j'eusse à nouveau à énu-
mérer également les signes de ruse qui, dans l'après-
midi, près du lac, avaient fait de ma démonstration de
sang-froid un miracle.

Il était dommage que je fusse obligée d'interroger
à nouveau la certitude née du moment lui-même, et de
me remémorer comment m'avait frappée comme une
révélation que l'inconcevable échange que j'avais alors
surpris devait être, pour les deux parties, une habitude.

Il était dommage que j'eusse à redire en tremblant
les raisons pour lesquelles je n'avais même pas mis en
doute le fait que la petite fille voyait notre visiteuse
exactement comme je voyais réellement Mrs Grose, et
qu'elle souhaitait, dans la mesure où justement elle la
voyait, me faire croire qu'elle ne la voyait pas, et en
même temps, sans rien en montrer, cherchait à deviner
si moi-même je la voyais ou non !

Il était dommage qu'il m'eût fallu récapituler les
multiples menues activités par lesquelles elle avait
cherché à détourner mon attention – le perceptible
regain de mouvement, l'intensité croissante de son jeu,
son chant, les paroles dénuées de sens débitées à toute
allure, et l'invitation à gambader.

Pourtant, si je ne m'étais pas prêtée, pour prouver
que tout cela ne signifiait rien, à cette revue des
faits, j'aurais laissé échapper les deux ou trois faibles
éléments de réconfort qui me restaient encore. Par
exemple, j'aurais été incapable d'affirmer solennelle-
ment à mon amie que j'étais certaine – ce qui était
toujours autant de gagné – que moi, au moins, je ne

m'étais pas trahie. Je n'aurais pas été poussée, sous la pression du besoin ou par détresse morale – je ne sais pas bien comment appeler cela –, à susciter, pour comprendre, l'aide supplémentaire qui pouvait me venir de ma compagne, acculée, le dos au mur. Sous la pression, elle m'en avait dit beaucoup, morceau après morceau ; mais un petit point resté évasif, du côté inquiétant des choses, venait encore me frôler le front comme une aile de chauve-souris ; et je me souviens comment, cette fois-là – car la maison endormie et la tension née à la fois du danger et de notre veille semblaient propices –, je jugeai important de lever totalement le voile.

Je me revois disant : « Je ne crois rien d'aussi horrible, non. Qu'il soit définitivement entendu, ma chère, que je n'en crois absolument rien. Mais si cela était, voyez-vous, il y a une chose que je voudrais maintenant obtenir de vous, sans le moindre souci de vous épargner, vraiment pas l'ombre ! Qu'aviez-vous à l'esprit quand, dans notre désarroi, avant que Miles ne revienne, vous avez dit, à propos de la lettre du collège et comme je vous pressais de questions, que vous n'aviez pas prétendu qu'il n'ait jamais, à la lettre, été "mauvais" ? Au vrai, ce n'est pas seulement qu'il ne le fut "jamais", pendant ces semaines que j'ai vécues moi-même avec lui, et où je l'ai si étroitement observé : il a été un imperturbable petit prodige d'exquise et adorable gentillesse. Donc vous auriez parfaitement pu lui en faire le crédit, si vous n'aviez pas, par hasard, eu à connaître d'une exception. Quelle était votre exception, et à quel moment de votre observation personnelle vous référez-vous ? »

C'était une question passablement abrupte, mais l'allusion subtile n'était pas dans le style du moment et, de toute façon, avant que l'aube grise ne nous ait enjoint de nous séparer, j'avais eu ma réponse. Ce que mon amie avait eu à l'esprit s'avéra éminemment lié au propos. Ce n'était rien de moins que le fait remarquable que, pendant plusieurs mois, Quint et le garçon ne s'étaient pas quittés. Il n'en était pour preuve que la critique qu'elle avait risquée, au nom des convenances, d'une si étroite intimité dont elle avait signalé l'incongruité – sujet dont elle avait été jusqu'à s'ouvrir franchement à Miss Jessel.

Miss Jessel, le prenant de très haut, l'avait priée de s'occuper de ses affaires, et la brave femme s'était là-dessus directement adressée au petit Miles. Et, puisque je la pressais, ce qu'elle lui avait dit était qu'elle, elle n'aimait pas voir les petits messieurs oublier leur rang.

Bien sûr, je la pressai encore, pour obtenir davan-tage de détails.

« Vous lui avez rappelé que Quint n'était qu'un vil domestique ?

— Si vous voulez ! Et c'est sa réponse, d'abord, qui ne fut pas bien.

— Et après ? » J'attendais. « Il a répété vos paroles à Quint ?

— Non, pas ça. C'était justement ce qu'il n'aurait fait à aucun prix ! » Elle tenait à bien me le mettre en tête. « J'étais sûre en tout cas qu'il n'avait rien répété. Mais il nia certaines circonstances.

— Quelles circonstances ?

— Quand ils étaient ensemble à peu près comme si Quint était son précepteur – et un précepteur très puissant – et que Miss Jessel n'était que pour la petite demoiselle. Je veux dire, quand il sortait soi-disant pour un moment avec cet individu et qu'il passait des heures avec lui.

— Et il a été fuyant sur ce point… il a dit qu'il ne l'avait pas fait ? » Son acquiescement était assez clair pour que j'ajoute tout de suite : « Je vois. Il a menti.

— Oh, ça ! » murmura Mrs Grose. Cela signifiait que cela n'avait guère d'importance ; ce qu'elle souligna par la remarque qui suivit.

« Après tout, vous savez, Miss Jessel ne s'en souciait pas. Elle ne le lui interdisait pas. »

Je réfléchis. « Est-ce qu'il présenta cela comme une excuse ? »

À ces mots, elle répéta, découragée : « Non, il n'en a jamais parlé.

— Il n'a jamais parlé d'elle par rapport à Quint ? »

Elle rougissait visiblement, voyant où je voulais en venir.

« Eh bien, il ne montrait rien. Il niait, répéta-t-elle. Il niait. »

Seigneur, comme je la pressais maintenant ! « De sorte que vous pouviez voir qu'il savait ce qu'il y avait entre les deux misérables ?

— Je ne sais pas, je ne sais pas ! gémit la pauvre femme.

— Bien sûr que vous savez, ma pauvre amie, répliquai-je, seulement, vous n'avez pas ma terrible audace d'esprit, et vous cachez, par timidité, par modestie et par délicatesse, jusqu'à l'impression qui, dans le passé, tandis que vous deviez vous débattre en silence sans mon aide, vous a rendue plus que tout malheureuse. Mais je finirai bien par vous l'arracher ! Il y avait quelque chose dans le garçon qui vous faisait penser qu'il couvrait et dissimulait leur relation, continuai-je.

— Oh, il ne pouvait empêcher…

— Que vous appreniez la vérité ? Je le pense bien ! Mais, grands dieux – je retombai dans mes pensées –, comme cela révèle ce qu'ils avaient très certainement réussi à faire de lui !

— Mais tout va bien maintenant ! plaida lugubrement Mrs Grose.

— Je ne m'étonne plus de votre air bizarre, insistai-je, quand je vous ai parlé de la lettre du collège !

— Je ne crois pas que j'avais l'air aussi bizarre que vous ! rétorqua-t-elle avec une énergique familiarité. Et s'il était aussi mauvais alors que vous le dites, comment se fait-il que ce soit un tel ange maintenant ?

— C'est bien vrai – et s'il était un démon au collège… Comment, mais comment cela se peut-il ? Eh bien, dis-je dans mon tourment, il faudra que vous me reposiez la question, bien qu'il me soit impossible de vous le dire avant quelques jours. Mais redemandez-le-moi, m'écriai-je d'un ton qui fit écarquiller les yeux de mon amie. Il y a des directions que je dois m'interdire à moi-même pour l'instant. » En attendant, j'en revins à son premier exemple – celui auquel elle venait de faire allusion – de la rassurante aptitude du garçon à une faute vénielle, à l'occasion.

« Si Quint – selon votre remontrance, à l'époque dont vous parlez – était un vil domestique, je suppose qu'une des choses que Miles vous a dites est que vous en étiez une autre. » À nouveau, elle l'admit assez clairement pour que je continue. « Et vous le lui avez pardonné ?

— Oh oui ! » Et nous eûmes toutes deux, dans le silence de la nuit, un rire bizarrement incongru. Puis je continuai : « En tout cas, pendant qu'il était avec l'homme…

— Mademoiselle Flora était avec la femme. Cela leur convenait à tous ! »

Cela ne me convenait à moi aussi, pensai-je, que trop bien ; je veux dire par là que cela s'accordait parfaitement à la singulière et mortelle idée que je m'interdisais d'entretenir. Mais je réussis si bien à réfréner l'expression de cette idée que, pour l'heure, je ne donnerai pas plus d'éclaircissements que ce qui se peut déduire de la mention de la dernière remarque que je fis à Mrs Grose : « Son mensonge et son impudence sont, je l'avoue, des symptômes moins engageants que je ne l'escomptais de la manifestation en lui de l'humaine nature. Mais, songeai-je, il faut s'en accommoder, et ils me convainquent plus que jamais que je dois veiller[1]. »

Je rougis, l'instant d'après, de voir sur le visage de mon amie combien elle lui avait plus complètement pardonné que son anecdote n'incitait ma propre

---

1. Ce dialogue – si l'on peut dire – entre l'institutrice et Mrs Grose contient tout ce qu'on saura des agissements de Quint et de Miss Jessel avec les deux enfants. C'est-à-dire rien, et singulièrement rien de coupable – si ce n'est qu'aux yeux d'une certaine bienséance, à laquelle Mrs Grose souscrit, Miles passe trop de temps avec Quint, un « vil domestique ». Point n'est besoin, pour en supputer la raison, d'en appeler à des relations inavouables… Coincé entre Mrs Grose dont, pour brave qu'elle soit, on doute qu'elle propose beaucoup de distraction, et sa petite sœur de sept ans, on conçoit que ce garçon de neuf ans ait pris plaisir à une compagnie plus stimulante, d'autant que Quint a l'aval de son tuteur.

tendresse à le faire. Ce fut évident quand, à la porte
de la salle d'étude, elle me quitta. « Sûrement, vous ne
l'accusez pas, lui…

— D'entretenir une relation qu'il me cache ? Ah !
rappelez-vous que, jusqu'à plus ample informé, je
n'accuse personne. » Puis, avant qu'elle ne referme
sur elle la porte et qu'elle ne rejoigne par un autre
couloir sa chambre, je conclus : « Il me faut seulement
attendre. »

IX

J'attendis, encore et encore, et le cours des jours emportait un peu de mon affliction. Comme je les passais continûment avec mes élèves sans qu'il y eût de nouvel incident, il suffit en fait de très peu d'entre eux pour effacer d'un coup d'éponge les imaginations cruelles et même les souvenirs odieux. J'ai déjà parlé de ma reddition à leur extraordinaire grâce enfantine comme d'une chose que je pouvais efficacement susciter en moi, et l'on peut penser si je négligeais maintenant de quêter à cette source le baume, quel qu'il fût, qu'elle pouvait m'apporter. Plus étranges que je ne peux le dire, à coup sûr, étaient mes efforts pour lutter contre ce qui se faisait jour peu à peu en moi. C'eût été sans nul doute une bien plus grande tension encore si je n'y avais pas si fréquemment réussi. Je me demandais souvent comment mes petits élèves pouvaient ne pas deviner que je pensais d'eux d'étranges choses ; et que ces choses n'aboutissent qu'à les rendre plus intéressants ne m'aidait pas vraiment à le leur laisser ignorer.

Je tremblais qu'ils ne vissent combien ils étaient devenus immensément plus intéressants. En mettant les choses au pis, en tout cas, comme je le faisais souvent dans mes réflexions, toute ombre sur leur innocence ne pouvait qu'être – irréprochables mais prédestinés comme ils l'étaient – une raison supplémentaire pour prendre des risques. Il y eut des moments où je me surprenais les saisissant dans une impulsion irrépressible pour les serrer sur mon cœur. Aussitôt, je me demandais : « Que vont-ils en penser ? N'est-ce pas trop me trahir ? » Il eût été facile de tomber dans un sombre et inextricable dilemme en supputant jusqu'à quel point je pouvais me trahir ; mais la seule raison, je crois, des heures de paix que je pouvais encore goûter tenait à ce que le charme spontané de mes compagnons était une séduction encore efficace, même si ce charme était assombri par la possibilité qu'il s'exerçât à dessein. Car s'il m'apparaissait que je pouvais parfois provoquer la suspicion par les petits débordements de ma passion plus marquée pour eux, je me souviens aussi de m'être demandé si on ne pouvait pas voir une étrangeté dans l'augmentation notable de leurs propres démonstrations.

Ils me portaient, à cette période, une affection extravagante et hors de toute mesure ; ce qui, me disais-je, n'était, après tout, rien de plus que la gracieuse réponse d'enfants perpétuellement adulés et couverts de caresses. De fait, l'hommage dont ils étaient si prodigues réussit tout aussi bien à mes nerfs que s'il ne m'avait jamais effleuré que, littéralement, dirais-je, je les prenais en flagrant délit de calcul. Jamais, je pense, ils n'avaient voulu tant faire pour leur pauvre protectrice ; je veux dire – outre qu'ils apprenaient leurs leçons de mieux en mieux, ce qui naturellement était ce qui pouvait le plus lui plaire – qu'ils la divertissaient, la distrayaient, lui préparaient des surprises ; ils lui faisaient la lecture, lui racontaient des histoires, lui

jouaient des charades, se jetaient sur elle sous des
déguisements d'animaux ou de personnages historiques et, par-dessus tout, la stupéfiaient avec des « morceaux choisis » qu'ils avaient secrètement appris par
cœur et qu'ils pouvaient interminablement réciter.
Mais je n'épuiserai jamais – même maintenant si je
m'y laissais aller – le prodigieux commentaire intérieur, tout entier corrigé par une plus secrète réticence,
dont je biffais ces heures comblées. Ils avaient montré
dès le début une facilité en toute chose, une aptitude
générale qui, prenant un nouvel essor, atteignait des
hauteurs remarquables. Ils accomplissaient leur tâche
scolaire comme s'ils l'aimaient ; ils se livraient, pour
le simple plaisir d'exercer leur don, à de menus mira-
cles de mémoire que je ne leur aurais jamais imposés.
Ce n'étaient pas seulement des tigres ou des Romains
qui bondissaient sur moi, mais des héros de Shakespeare, des astronomes ou des navigateurs. La singula-
rité de la situation fit sans doute beaucoup pour un fait
auquel je ne parviens toujours pas à trouver d'autre
explication : je fais allusion à mon anormale tranquillité concernant le choix d'un collège pour Miles. Ce
dont je me souviens est que je me contentais, pour
l'heure, de ne pas soulever le problème, et que cette
attitude devait venir du spectacle continuel de sa
confondante intelligence. Il était trop intelligent pour
qu'une mauvaise institutrice, pour que la fille d'un
pasteur, le gâtât ; et le plus étrange, sinon le plus lumineux, des fils de cette tapisserie mentale[1] dont je parle

----

1. La métaphore du texte littéraire – et de sa lecture – comme
tapisserie dont le dessin se constitue fil après fil, déjà esquissée,
est ici explicitée. James y a consacré une longue nouvelle en 1896,

était le sentiment, que je n'étais pas loin d'avoir si j'avais osé le formuler, qu'il était sous quelque influence opérant sur sa petite vie intellectuelle une formidable stimulation.

Toutefois, s'il était possible d'admettre qu'un enfant tel que lui pût remettre à plus tard le collège, il était au moins aussi évident que le fait qu'un tel enfant ait été « flanqué à la porte » constituait un mystère insondable. Je dois ajouter qu'en leur compagnie à tous deux alors – et je veillais à ne presque jamais les quitter –, je ne pouvais pas suivre la piste bien loin. Nous vivions dans un nuage de musique et d'affection, d'applaudissements et de spectacles. Le sens de la musique était, chez les deux enfants, des plus aigus, mais l'aîné en particulier avait un merveilleux talent pour rejouer de mémoire ce qu'il avait entendu. Le piano de la salle d'étude interrompait toutes les affreuses fantasmagories, et, à défaut du piano, c'était des conciliabules dans les coins qui entraînaient la sortie de l'un d'eux, au comble de l'animation, et une nouvelle « entrée » sous un autre aspect. J'avais eu moi-même des frères, et l'esclavage idolâtre des petites filles envers les petits garçons ne m'était pas une révélation. Le plus surprenant était qu'il existât au monde un petit garçon qui pût avoir tant d'égards pour un âge, un sexe et une intelligence inférieurs. Ils étaient extraordinairement unis, et dire qu'ils ne se querellaient ni ne se plaignaient jamais l'un de l'autre est user d'un éloge bien banal au regard de leur réciproque gentillesse. Parfois

---

« Le motif dans le tapis » (*The Figure in the Carpet*). On notera que, dans le texte anglais, c'est le mot *figure* qui introduit les « apparitions » de Quint et de Miss Jessel.

peut-être (quand justement je descendais au niveau du banal), je leur découvrais fortuitement des traces de menues connivences, grâce auxquelles l'un deux occupait mon attention pendant que l'autre s'esquivait. Il y a, je suppose, un côté naïf en toute diplomatie, mais si mes élèves se jouaient de moi, c'était sûrement avec le minimum de trivialité. Ce fut en un tout autre lieu qu'après une accalmie, la trivialité fit irruption.

Je vois bien que je tergiverse ; mais il faut que je plonge dans l'horreur.

En poursuivant le récit de ce qu'il y eut d'abominable à Bly, non seulement j'incite au doute la confiance la plus généreuse – ce qui m'importe peu –, mais encore (et c'est tout autre chose) je renouvelle ma propre souffrance, je fraie à nouveau l'affreux chemin jusqu'à son point ultime. Une heure vint après laquelle, quand je regarde en arrière, toute l'affaire ne me semble avoir été que douleur, mais au moins en ai-je atteint le cœur, et le plus court chemin pour en sortir était sans nul doute d'avancer. Un soir – sans que rien l'eût annoncé ou préparé –, je perçus le souffle froid de l'impression qui m'avait effleurée la nuit de mon arrivée ; alors beaucoup plus ténue, comme je l'ai dit, elle eût probablement peu marqué ma mémoire si la suite de mon séjour avait été moins agitée. Je n'étais pas couchée ; je lisais, assise, à la lueur de deux bougies. Il y avait à Bly une pleine pièce de vieux livres, pour partie des romans du siècle dernier, dont seule la réputation franchement fâcheuse – mais jamais le moindre exemplaire égaré – avait atteint ma maison retirée, et éveillé l'inavouable curiosité de ma jeunesse. Je me souviens que le livre que j'avais en main était l'*Amélie* de Fielding[1] et aussi que j'étais totalement éveillée. Je me rappelle encore avoir éprouvé à la fois la vague impression qu'il était horriblement tard, et une répulsion singulière à regarder ma montre. Je me revois enfin constatant que le rideau blanc drapant, à la mode de ce temps, la tête du petit lit de Flora, enveloppait bien, comme je m'en étais assurée longtemps auparavant, la parfaite quiétude de son repos enfantin. Pour en venir au fait, je me souviens qu'en dépit de l'intérêt profond que je portais à mon auteur, je me retrouvai au détour d'une page, tout intérêt évanoui, l'ayant quitté des yeux pour fixer intensément la porte de ma chambre.

Il y eut un moment pendant lequel j'écoutai, me remémorant l'impression fugace que j'avais eue, la première nuit, que quelque chose d'indéfinissable se mouvait dans la maison, et où je notai que le souffle léger venu de la fenêtre ouverte agitait doucement les rideaux à demi tirés.

Alors, avec tous les signes d'une pondération qui aurait sans nul doute paru sublime pour peu qu'il y ait eu quelqu'un pour l'admirer[2], je posai mon livre, me levai et, saisissant une bougie, je sortis tout droit de ma chambre, puis, quand je fus dans le corridor, où la lumière de la bougie était de peu d'effet, je refermai sans bruit ma porte et donnai un tour de clef.

Je ne puis dire maintenant ni ce qui me détermina ni ce qui me guida, mais j'avançai le long du couloir

---

1. Ce roman de Fielding, publié en décembre 1751, a comme thème l'amour, le mariage… et le dévouement féminin.   2. Ce thème de « l'absence de regard » du maître, qui parcourt tout le texte depuis la scène de la tour, semble creuser une attente que les apparitions viennent combler dans un mélange de fascination et de répulsion.

jusqu'à la haute fenêtre qui dominait la grande
courbe de l'escalier. À ce moment, je pris brusquement
conscience de trois choses. Je les perçus quasi simultanément, pourtant elles se succédèrent par éclairs. La
bougie, à la suite d'un mouvement brusque, s'éteignit,
et je vis, par la fenêtre sans rideaux, que le petit matin
qui dissipait l'obscurité la rendait inutile. Sans elle,
l'instant d'après, je sus qu'il y avait une forme[1] dans
l'escalier. Je parle par succession de moments, mais je
n'eus besoin d'aucun délai pour me préparer à ma
troisième rencontre avec Quint. L'apparition avait
atteint le palier à mi-étage et était donc à proximité de
la fenêtre quand, à ma vue, elle s'arrêta net et me fixa
exactement comme elle m'avait fixée de la tour et du
jardin. Quint me reconnut comme je le reconnus et
ainsi, dans la pâle aube froide, une faible lueur venant
de la haute fenêtre et une autre du poli de l'escalier de
chêne, nous nous fîmes face avec une même intensité.

Cette fois, il était au plein sens du terme une présence – vivante, dangereuse et détestable. Mais là
n'était pas le plus stupéfiant. Je réserve ce qualificatif
pour une tout autre constatation : la constatation que
l'effroi m'avait indéniablement quittée et qu'il n'était
rien en moi qui fût incapable de le rencontrer et de
l'affronter.

Après cet extraordinaire moment, j'éprouvais encore
bien des angoisses, mais, Dieu merci, plus aucune terreur. Et il sut que je n'en éprouvais pas, j'en eus en un
instant la jubilante certitude. Je sentis, dans un élan de
confiance obstinée, que si je tenais bon une minute, je
cesserais, au moins pour l'heure, d'avoir à compter

---

1. À nouveau, *a figure* (voir p. 104, note 1).

avec lui. Et durant cette minute, de fait, ce fut aussi abominablement « réel » qu'une rencontre humaine, abominable justement parce que c'était réel, aussi réel que de rencontrer seule, la nuit, dans une maison endormie, quelque ennemi, aventurier ou criminel. Ce fut le mortel silence de notre long regard, à si faible distance, qui conféra à toute cette horreur, si monstrueuse qu'elle fût, sa seule touche hors nature. Si j'avais rencontré un assassin, en cet endroit et à cette heure, nous eussions au moins parlé. Quelque chose, qui relevait du vivant, se serait passé entre nous, et si rien ne s'était passé, l'un de nous aurait bougé. Le moment s'éternisa au point qu'il s'en fallut de peu que je ne doutasse d'être moi-même en vie. Je ne puis exprimer ce qui suivit, autrement qu'en disant que le silence lui-même – ce qui attestait d'une certaine manière ma force – absorba sa silhouette ; je le vis se détourner d'abord, comme l'aurait pu faire le misérable auquel elle avait jadis appartenu sous une impérative injonction, puis, tandis que mes yeux fixaient ce dos dont aucune bosse n'aurait pu aggraver la vilenie[1], descendre l'escalier et se dissoudre dans l'obscurité où se perdait le prochain tournant.

---

1. Allusion à *Richard III* de Shakespeare. Malgré sa difformité et sa perversité, Richard va séduire la très pure Lady Ann, dont il a fait assassiner l'époux.

X

Je restai un moment en haut de l'escalier, mais le seul effet en fut de me convaincre que lorsque mon visiteur était parti, il l'était pour de bon ; alors je retournai à ma chambre. La toute première chose que je vis à la lueur de la bougie que j'avais laissée allumée fut que le petit lit de Flora était vide et, à cette vue, toute la terreur que, cinq minutes plus tôt, j'avais été capable de maîtriser, me coupa le souffle. Je me précipitai vers l'endroit où je l'avais laissée couchée et au-dessus duquel – car le petit couvre-pieds de soie et les draps étaient repoussés – le rideau blanc avait été fallacieusement tiré. Puis le bruit de mes pas, à mon indicible soulagement, obtint une réponse en écho : je vis s'agiter les rideaux de la fenêtre et l'enfant, accroupie comme pour jouer, en émergea, toute rose. Elle se tenait là, dans son immense candeur et sa minuscule chemise de nuit, avec ses petits pieds nus roses et l'auréole dorée de ses boucles. Elle avait l'air profondément sérieux et jamais je n'avais eu à ce point le sentiment d'être dépossédée d'un avantage acquis (dont le plaisir avait été si intense) que lorsque je pris conscience qu'elle m'interpellait sur un ton de reproche : « Vilaine, où étiez-vous ? » Au lieu de lui opposer sa propre désobéissance, je me retrouvai en train de m'excuser et de me justifier. Elle-même s'expliqua sur ce point avec la plus exquise et la plus convaincante simplicité. Alors qu'elle était couchée, elle s'était soudain rendu compte que je n'étais plus dans la pièce et elle s'était levée pour voir ce que j'étais devenue. Dans la joie de sa réapparition, je m'étais laissée tomber sur ma chaise, saisie alors, mais alors seulement, d'une légère faiblesse, et elle avait trottiné vers moi, s'était blottie sur mes genoux, offrant à la pleine lumière de la bougie son merveilleux petit visage encore rosi de sommeil. Je me souviens d'avoir fermé les yeux un instant, cédant, consciemment, devant l'excès de beauté qui irradiait du bleu de son regard. « Vous me guettiez par la fenêtre, dis-je, vous pensiez que je pouvais être dans le jardin ?

— C'est, voyez-vous, que j'ai cru que quelqu'un y était », me dit-elle en souriant, sans l'ombre d'une émotion.

Oh, comme je la regardais maintenant ! « Et avez-vous vu quelqu'un ?

— Ah, non », répliqua-t-elle avec – privilège de l'inconscience enfantine – presque un ton de regret, encore qu'il y eût, dans l'accentuation de sa négation, comme une câlinerie prolongée.

En cet instant, dans l'état nerveux où j'étais, je fus absolument convaincue qu'elle mentait, et si je fermai une fois de plus les yeux, ce fut prise de vertige devant les deux ou trois façons dont je pouvais relever cette réponse. L'une d'elles me tenta un instant avec une telle violence que, pour y résister, je crois avoir serré ma petite fille dans une étreinte convulsive qu'elle subit, de manière étonnante, sans un cri ni un signe de frayeur. Pourquoi ne pas aborder le sujet avec elle de plein fouet et en finir une fois pour toutes ? Pourquoi ne pas lui jeter tout net, en plein son ravissant petit visage lumineux : « Vous avez vu, vous avez vu, et vous le savez, et vous commencez à soupçonner que je le sais, donc, pourquoi ne pas vous en ouvrir franchement à moi, pour que nous puissions au moins vivre avec cela ensemble et apprendre peut-être, dans l'étrangeté de notre destin, où nous en sommes et ce que tout cela signifie ? » Cet élan tomba, hélas, comme il était venu. Si seulement j'y avais succombé, j'aurais peut-être pu m'épargner… vous verrez quoi. Au lieu de succomber, je me levai à nouveau brusquement, regardai son lit et choisis une malheureuse demi-mesure : « Pourquoi avoir tiré le rideau pour me faire croire que vous étiez encore là ? »

Le visage lumineux de Flora se fit pensif, puis, avec son divin petit sourire : « Parce que je n'aime pas vous inquiéter !

— Mais puisque, selon vous, j'étais sortie… »

Elle refusa résolument de se laisser troubler ; elle détourna les yeux vers la flamme de la bougie comme si ma question était incongrue ou, au moins, la concernait personnellement aussi peu que les dialogues de Mrs Marcet ou le résultat de neuf fois neuf[1]. « Oh !

---

1. Jane Marcet est, au début du XIXᵉ siècle, l'auteur de livres scolaires abordant, par le biais du dialogue entre deux enfants et leur institutrice, différentes disciplines comme la chimie, la botanique ou l'éducation religieuse. Quant à « neuf fois neuf », c'est évidemment une allusion aux tables de multiplication que les jeunes élèves doivent apprendre par cœur, mais également une citation des malédictions jetées par les sorcières dans le *Macbeth* de Shakespeare. Ainsi, un surnaturel maléfique s'insinue dans les références les plus anodines.

mais vous pouviez bien sûr revenir, ma chère, répondit-elle tout à fait judicieusement, et c'est bien ce que vous avez fait. » Et, peu après, comme elle s'était recouchée, je dus, pendant un long moment, prouver, en restant assise tout contre elle pour lui tenir la main, combien je mesurais le bien-fondé de mon retour.

Vous pouvez imaginer ce que furent, à partir de ce moment, mes nuits. Je veillais fréquemment jusqu'à je ne sais quelles heures ; je choisissais les moments où ma petite compagne de chambre dormait indubitablement, je me glissais dehors et, sans bruit, j'arpentais le corridor. J'allais même jusqu'à l'endroit où j'avais rencontré Quint la dernière fois. Mais je ne l'y rencontrai jamais plus, et je puis aussi bien dire tout de suite qu'en nulle autre occasion je ne le vis dans la maison. Néanmoins, je manquai de peu, dans l'escalier, une autre aventure.

Une fois, en y plongeant mon regard, j'identifiai la présence d'une femme ; assise sur une des marches du bas, le corps ployé en avant et la tête dans les mains, dans une attitude de profond chagrin, elle me tournait le dos. Je n'étais là que depuis un instant quand elle disparut, sans tourner vers moi son regard. Pourtant, je savais exactement quel effrayant visage elle aurait montré, et je me demandais, à supposer que j'aie été au-dessous d'elle et non au-dessus, si j'aurais pu montrer le même sang-froid que celui que j'avais récemment témoigné devant Quint. De sang-froid, il ne me manquait décidément pas d'occasions d'en faire preuve. La onzième nuit – je les comptais maintenant – après ma dernière rencontre avec ce monsieur, j'eus une alerte qui ébranla dangereusement ce sang-froid et qui, à cause de son caractère particulièrement inattendu, s'avéra le plus violent choc que j'aie ressenti. Ce fut précisément la première nuit de cette période où, fatiguée de mes veilles, j'avais pensé que je pouvais à nouveau, sans relâchement inconsidéré, me coucher à la même heure qu'avant. Je m'endormis immédiatement et, je m'en aperçus plus tard, sommeillai jusqu'à une heure environ ; mais quand je m'éveillai, je me retrouvai assise sur mon lit, aussi éveillée que si une main m'avait secouée. J'avais laissé ma bougie brûler, mais elle était maintenant éteinte et j'eus l'immédiate certitude que Flora l'avait soufflée. Je bondis droit dans l'obscurité vers son lit… où elle n'était plus. Un coup d'œil à la fenêtre m'éclaira, et l'allumette que je grattai compléta le tableau.

L'enfant s'était à nouveau levée, avait cette fois soufflé la bougie et, à nouveau, soit pour observer quelqu'un, soit pour répondre à un appel, s'était glissée derrière les rideaux et épiait la nuit.

Qu'elle vît maintenant quelque chose – alors qu'elle n'avait rien vu la fois dernière, je m'en étais assurée – me fut prouvé par le fait que ne la troublèrent ni la lumière de la bougie rallumée, ni la hâte avec laquelle je mis mes pantoufles et me drapai dans un châle. Cachée, protégée, absorbée, elle s'appuyait sur le rebord de la fenêtre, la croisée s'ouvrant vers l'extérieur, et elle se livrait tout entière. La grande lune paisible l'aidait et ce fait contribua à la décision que je pris sur-le-champ. Elle était en face de l'apparition que nous avions rencontrée au bord du lac et, maintenant, elle pouvait communiquer avec elle, ce qu'elle n'avait pu faire alors. Moi, de mon côté, ce dont il fallait me préoccuper était, sans éveiller l'attention de l'enfant, d'atteindre dans le corridor une fenêtre ouvrant sur le même espace. J'allai à la porte sans qu'elle m'entende, sortis, refermai et guettai de l'autre côté un quelconque bruit venant d'elle. Dans le corridor, mes yeux tombèrent sur la porte de la chambre de son frère, qui n'était qu'à dix pas et qui réveilla en moi l'étrange impulsion dont j'ai déjà parlé comme d'une tentation. Et si j'entrais et allais droit à sa fenêtre à lui ? Et si, au risque de révéler le mobile de ma conduite à sa stupeur enfantine, mon audace passait la bride au cou du reste du mystère ?

Cette idée me posséda assez pour me faire aller jusqu'au seuil de sa porte, où je m'arrêtai à nouveau. J'écoutais avec une prodigieuse intensité ; je me représentais de sinistres éventualités ; je me demandais si son lit était lui aussi vide, si lui aussi était secrètement en train d'observer. Ce fut une minute de profond silence, au terme de laquelle mon impulsion s'évanouit. Il était tranquille, peut-être était-il innocent. Le risque était abominable ; je fis demi-tour.

Il y avait une silhouette dans le jardin, une silhouette rôdant en quête d'un regard, la visite qui retenait l'attention de Flora, mais ce n'était pas celle qui intéressait au plus haut point mon petit garçon. J'hésitai à nouveau, mais pour d'autres raisons et, en quelques secondes à peine, j'avais fait mon choix. Il y avait assez de pièces vides à Bly, il n'était que de choisir la bonne. La bonne m'apparut tout à coup être une pièce du bas, surplombant toutefois les jardins, située dans cet angle massif de la maison dont j'ai parlé sous le nom de « vieille tour ». C'était une grande pièce carrée, assez luxueusement meublée en chambre à coucher, que sa dimension extravagante rendait si malcommode que, bien que gardée dans un ordre parfait par

Mrs Grose, elle n'avait pas été occupée depuis des années. Je l'avais souvent admirée et je savais comment m'y diriger. Après la première hésitation due au léger frisson montant de cette obscurité à l'abandon, je n'eus qu'à traverser la pièce et à déverrouiller en toute tranquillité un des volets intérieurs. Après cela, je le poussai sans bruit et, collant mon visage à la vitre, je pus, l'obscurité extérieure étant moins épaisse que celle du dedans, constater que j'avais vue sur le bon endroit. Puis je vis quelque chose de plus. La lune rendait la nuit extraordinairement claire et me permit de distinguer sur la pelouse un être rapetissé par la distance, qui se tenait là immobile et comme fasciné, les yeux levés vers l'endroit où j'étais apparue ; plutôt, en fait, regardant non pas droit vers moi, mais vers quelque chose qui, semblait-il, se situait plus haut. À l'évidence, il y avait une autre personne au-dessus de moi, il y avait une personne sur la tour, mais la présence sur la pelouse n'était aucunement celle à laquelle j'avais pensé et à la rencontre de qui je m'étais précipitée en toute certitude. La présence sur la pelouse – je me sentis défaillir en l'identifiant –, c'était le pauvre petit Miles lui-même.

XI

Ce ne fut que tard le lendemain que je parlai à Mrs Grose, car la rigueur que je mettais à ne pas perdre de vue mes élèves rendait souvent difficiles les rencontres en privé, d'autant que chacune de nous sentait l'importance de ne pas éveiller, chez les serviteurs comme chez les enfants, le moindre soupçon d'une secrète effervescence ou de conciliabules sur des mystères. Sur ce point, j'étais pleinement rassurée par son aspect simple et paisible. Il n'y avait rien dans son visage lisse qui pût révéler aux autres la moindre de mes sinistres confidences. Elle me crut, j'en étais sûre, absolument : dans le cas contraire, je ne sais pas ce qu'il serait advenu de moi, car je n'aurais pu endurer seule cette tension. Mais elle était un admirable monument à cette bénédiction du ciel qu'est l'absence d'imagination, et ne lui étaient perceptibles, de nos jeunes enfants, que la beauté et le charme, la joie et l'intelligence ; elle n'était pas en communication directe avec les sources de mon désarroi. S'ils avaient été le moins du monde porteurs de marques visibles de corruption, elle en aurait sans nul doute, en en cherchant l'origine, été altérée comme eux ; mais au point où en étaient les choses, je pouvais sentir, pendant qu'elle les surveillait, ses gros bras blancs croisés, toute revêtue de sérénité, qu'elle rendait grâce à Dieu de ce que, même s'ils étaient cassés, les morceaux restaient bons. Les torches de l'imagination laissaient place, dans son esprit, au paisible éclat d'un feu dans l'âtre et, à mesure que le temps passait sans incident notoire, et que croissait sa conviction que nos jeunes enfants pouvaient, somme toute, se protéger eux-mêmes, j'avais commencé à m'apercevoir qu'elle vouait sa plus grande sollicitude au triste cas de leur tutrice par procuration.

C'était pour moi une considérable simplification : je pouvais m'engager à ce que, aux yeux du monde, mon visage ne trahisse rien, mais cela aurait été, dans ces circonstances, un énorme souci que d'avoir de sur-croît à m'inquiéter du sien.

Au moment dont je parle maintenant, elle m'avait, sur mes instances, rejointe sur la terrasse où, la saison avançant, le soleil de l'après-midi était alors très agréable ; et nous étions assises là ensemble, tandis que, devant nous, à une certaine distance mais à portée de voix, les enfants allaient et venaient, de la plus docile humeur qui soit. Ils parcouraient lentement la pelouse, à l'unisson, juste au-dessous de nous. En mar-chant, le garçon lisait à haute voix un livre de contes, un bras enlaçant sa sœur pour la garder plus proche. Mrs Grose les regardait avec une totale placidité ; puis je perçus, bien que réprimé, le déclic mental qui la fit se tourner consciencieusement pour obtenir de moi une vue de l'envers de la tapisserie[1]. J'avais fait d'elle le réceptacle de choses horribles, mais il y avait une

_____

1. Voir p. 104, note 1. L'envers d'une tapisserie montre comment les « fils » s'entrecroisent pour former le « motif » : d'une certaine façon, « l'envers » décode l'élaboration de « l'endroit ».

étrange reconnaissance de ma supériorité – celle de mes talents et de ma fonction – dans sa patiente soumission à ma souffrance. Elle offrait son esprit à mes révélations tout comme, eussé-je voulu mitonner un brouet de sorcière, elle m'aurait sorti une grande soupière propre. C'était très exactement son attitude au moment où, dans mon récit des événements de la nuit, j'en arrivai à ce que Miles m'avait dit quand, l'ayant vu, à une heure aussi inconvenante, presque à l'endroit où il se trouvait maintenant, j'étais descendue pour le ramener à l'intérieur. Encore à la fenêtre, mue par le souci premier de ne pas alerter la maisonnée, j'avais préféré ce moyen à toute autre méthode plus bruyante.

D'emblée, j'avais laissé à Mrs Grose peu de doute sur mon faible espoir de rendre sensible, même à sa très réelle sympathie, mon sentiment d'émerveillement devant l'inspiration enfantine par laquelle, après que je l'eus ramené à la maison, le garçon répondit au défi de ma question, quand enfin je la formulai. Dès que j'étais apparue dans le clair de lune, sur la terrasse, il était venu tout droit vers moi, sur quoi j'avais saisi sa main sans un mot et l'avais conduit, à travers de grands pans d'obscurité, dans cet escalier d'où Quint l'avait si avidement guetté, le long du corridor où j'avais écouté et tremblé, et ainsi jusqu'à sa chambre délaissée.

Chemin faisant, nous n'avions pas échangé un son et je m'étais demandé – avec quelle intensité me l'étais-je demandé ! – s'il était en train de chercher fébrilement, dans son effrayant petit cerveau, une explication plausible et pas trop ridicule. Cela devait certainement mettre à rude épreuve ses facultés d'invention, et devant son réel embarras, je sentis cette fois un curieux frisson de triomphe. Le piège était redoutable

pour n'importe quelle partie, même jusqu'alors victorieuse. Il ne pouvait plus jouer la perfection, non plus
qu'y prétendre, alors, comment diable allait-il s'en
tirer ? Battait également en moi, au rythme passionné
de cette question, la même angoisse muette de savoir
comment diable, moi-même, j'allais le faire !

Voilà que j'étais, comme jamais auparavant,
confrontée dans toute son ampleur au risque qu'il y
avait, même alors, à faire entendre le son horrible de
ma propre partition. De fait, je me souviens que, comme
nous entrions dans sa petite chambre, où le lit était
intact et où la fenêtre aux rideaux ouverts sur le clair
de lune rendait la pièce si claire qu'il n'était pas besoin
de frotter une allumette, je me souviens comment je
défaillis soudain et me laissai tomber sur le bord du lit,
terrassée par l'idée qu'il devait savoir à quel point,
comme on dit, il m'avait « eue ».

Il pouvait faire ce qu'il voulait, avec l'aide de toute
son intelligence, aussi longtemps que je souscrirais à
l'idée reçue de la culpabilité des responsables d'enfants
qui entretiennent chez eux terreurs et superstitions. Il me
« coinçait » bien, et dans un étau. Car qui m'absoudrait
jamais, qui m'épargnerait la condamnation, si, par la
plus imperceptible allusion, j'étais la première à insinuer
dans nos parfaites relations un élément aussi atroce ?
Non, non, il était inutile d'essayer de faire partager à
Mrs Grose – ce l'est à peine moins de tenter de le
suggérer ici – l'admiration violente qu'il m'inspira pendant notre court affrontement, là, dans l'obscurité. Bien
sûr, je fus immensément bonne et clémente ; jamais, au
grand jamais, je n'avais posé auparavant sur ses petites
épaules des mains plus tendres que celles qui, tandis que

je m'appuyais à son lit, l'immobilisaient[1]. Je n'avais pas d'autre solution que de lui poser, fût-ce pour la forme, la question :

« Maintenant, il faut me dire toute la vérité. Pourquoi êtes-vous sorti ? Que faisiez-vous là-bas ? »

Je vois encore son merveilleux sourire, l'éclat de ses yeux magnifiques et de ses dents luisant dans la pénombre. « Si je vous le dis, comprendrez-vous ? » À ces mots, mon cœur bondit. Allait-il vraiment me le dire ? Je ne pus proférer un son pour l'encourager, et je me sentis répondre seulement d'un vague acquiescement grimaçant. Il était la douceur même et, tandis que je hochais la tête mécaniquement, il se tenait là, devant moi, plus que jamais semblable à un féerique petit prince. Le sursis me vint de sa splendeur même. Aurait-elle été à ce point éclatante s'il avait été réellement près de tout me dire ? « Eh bien, dit-il enfin, c'était exactement pour que vous fassiez cela.

— Que je fasse quoi ?

— Que, pour changer, vous pensiez que j'étais *mauvais*. » Je n'oublierai jamais le charme et la gaieté avec lesquels il prononça ce mot, ni comment, pour couronner le tout, il se pencha vers moi et m'embrassa. Ce fut en fait la fin de tout. Je lui rendis son baiser et, comme je le gardai une minute embrassé, je dus faire un effort prodigieux pour ne pas me mettre à pleurer. Il m'avait exactement donné le mobile de ses actes qui me permettait le moins de poursuivre l'investigation, et ce fut seulement par manière de confirmation de mon adhésion à ses propos que je pus dire, en

---

1. Les indices déniés – ici, « les mains les plus tendres » – d'une certaine violence physique exercée sur Miles se multiplient.

parcourant la chambre du regard : « Ainsi, vous ne vous êtes pas déshabillé du tout ? »

Il luisait doucement dans l'ombre. « Pas du tout. Je suis resté assis à veiller et j'ai lu.

— Et quand êtes-vous descendu ?

— À minuit. Quand je suis mauvais, je le suis pour de bon !

— Je vois, je vois… C'est charmant. Mais comment pouviez-vous être sûr que je le saurais ?

— Oh, j'avais arrangé cela avec Flora. » Ses réponses s'enchaînaient avec une telle promptitude ! « Elle devait se lever et regarder dehors.

— C'est bien ce qu'elle a fait. » C'était moi qui étais tombée dans le piège.

« Comme cela, vous vous êtes inquiétée, et pour voir ce qu'elle regardait, vous avez regardé aussi et vous avez vu.

— Pendant que vous, continuai-je, vous attrapiez la mort dans l'air de la nuit ! » Littéralement, il jubilait tellement de son exploit qu'il put se permettre d'acquiescer radieusement : « Autrement, comment aurais-je été assez mauvais ? » Et après une autre embrassade, l'incident et l'entretien prirent fin sur mon aveu des réserves accumulées de sagesse dans lesquelles, pour s'autoriser cette plaisanterie, il lui avait été possible de puiser.

XII

À la lumière du jour, l'impression singulière que j'avais éprouvée s'avérait, je le répète, impossible à restituer fidèlement à Mrs Grose, bien que je l'aie renforcée en citant encore une autre remarque qu'il avait faite avant que nous nous séparions. « Cela tient tout entier en une demi-douzaine de mots, lui dis-je, des mots qui règlent le problème : "Pensez donc à ce que je pourrais faire !" Voilà ce qu'il me lança pour prouver à quel point il était gentil ! Il sait parfaitement ce qu'il "pourrait faire". Il leur en a donné un aperçu au collège.

— Seigneur, vous avez bien changé ! s'exclama mon amie.

— Je n'ai pas changé, je ne fais que préciser les choses. Les quatre, soyez-en sûre, se rencontrent sans arrêt. Si l'une de ces dernières nuits, vous aviez été avec l'un ou l'autre des enfants, vous l'auriez clairement compris. Plus j'ai observé et attendu, plus j'ai acquis la conviction que, à défaut de tout autre moyen pour s'en assurer, la certitude viendrait de leur silence systématique. Jamais, fût-ce par un lapsus involontaire, ils n'ont seulement fait allusion à l'un ou l'autre de leurs anciens amis, pas plus que Miles n'a fait la moindre allusion à son renvoi. Oh, certes, nous pouvons bien rester assises ici et les regarder, et ils peuvent bien, devant nous, prendre des attitudes autant qu'ils le veulent ; mais au moment même où ils feignent d'être absorbés dans leur conte de fées, ils sont plongés dans la vision des morts revenus pour eux.

« Il n'est pas en train de lui faire la lecture, affirmai-je, ils sont en train de parler d'eux… ils sont en train de parler d'abominations. Je sais bien qu'en disant cela, j'ai l'air insensée, et c'est un miracle que je ne le sois pas. À voir ce que j'ai vu, vous, vous le seriez devenue ; mais cela m'a rendue plus lucide, m'a fait comprendre bien d'autres choses. »

Ma lucidité aurait dû paraître effrayante, mais les exquises créatures qui en étaient victimes, passant et repassant tendrement enlacées, donnèrent à ma compagne quelque chose à quoi se raccrocher. Et je compris combien elle s'y cramponnait quand, sans se laisser ébranler par le feu de ma passion, elle continua de les couver des yeux. « Quelles autres choses avez-vous comprises ?

— Eh bien, ces choses mêmes qui m'ont charmée, fascinée, mais aussi, au fond, je m'en aperçois bien étrangement maintenant, qui m'ont mystifiée et troublée. Leur beauté plus que terrestre, leur sagesse totalement hors nature. C'était un mime, continuai-je, une tactique et une flouerie.

— De la part de ces adorables petits ?

— Qui ne sont encore que de délicieux bambins ? Oui, aussi fou que cela paraisse. » Le seul fait de formuler ces choses m'aidait à en suivre la piste, à la remonter et à reconstituer le tout. « Ce n'est pas qu'ils étaient gentils, c'est qu'ils étaient absents. S'il a été si simple de vivre avec eux, c'est qu'ils menaient tout bonnement leur vie de leur côté. Ils ne sont ni à moi ni à nous. Ils sont à lui, et à elle.

— À Quint et à cette femme ?

— À Quint et à cette femme. Et ils veulent les rejoindre. »

Oh, comme, alors, la pauvre Mrs Grose parut les scruter ! « Mais pourquoi ?

— Pour l'amour de tout le mal que, en ces jours affreux, le couple a insinué en eux. Les séduire avec ce mal à nouveau, continuer l'œuvre démoniaque, voilà ce qui fait revenir les deux autres.

— Pardi ! » murmura mon amie dans un souffle. L'expression était familière, mais elle témoignait de son acquiescement à cette nouvelle preuve de ce qui, aux mauvais jours – car il y en avait eu d'encore pires que ceux-ci –, avait dû se passer. Il n'y aurait pu avoir pour moi plus totale justification que le simple assentiment de son expérience à l'insondable dépravation de notre paire de crapules, quelque profondeur que je juge crédible de lui attribuer. Et ce fut à l'évidence à l'injonction de sa mémoire qu'elle s'exclama après un temps : « C'étaient vraiment des fripouilles ! Mais que peuvent-ils faire maintenant ?

— Faire ? » repris-je en écho, si fort que Miles et Flora, passant au loin, interrompirent un instant leur marche et nous regardèrent. « N'en ont-ils pas fait assez ? » demandai-je plus bas, tandis que les enfants, après nous avoir souri, fait des signes et envoyé des baisers, reprenaient leur parade. Celle-ci nous retint un moment, puis je répondis : « Ils peuvent les détruire. » Cette fois, ma compagne se tourna vers moi, mais l'appel qu'elle me lança fut silencieux, ce qui eut pour effet de me rendre plus explicite. « Ils ne savent pas encore de quelle manière, mais ils multiplient les tentatives. On ne les voit encore que de l'autre côté, pourrait-on dire, et au-delà, à des endroits étranges ou des lieux élevés – le sommet des tours, le toit des maisons, l'extérieur des fenêtres, l'autre rive des étangs –, mais de part et d'autre existe le sombre dessein de raccourcir la distance et de surmonter l'obstacle : le succès des tentateurs n'est qu'une question de temps. Ils n'ont qu'à persister dans leurs dangereuses incitations.

— Pour que les enfants y cèdent ?

— Et périssent dans la tentative ! » Mrs Grose se leva lentement, tandis que j'ajoutais, par scrupule : « À moins, bien sûr, que nous ne l'empêchions. »

Debout devant moi qui étais restée assise, elle retournait visiblement tout cela dans sa tête. « C'est leur oncle qui doit empêcher cela. Il faut qu'il les emmène.

— Et qui va l'y obliger ? »

Elle avait scruté un moment l'horizon, mais maintenant, elle inclinait vers moi un visage hébété : « Vous, Mademoiselle.

— En lui écrivant que sa maison est empoisonnée et que son jeune neveu et sa jeune nièce sont fous ?

— Mais s'ils le sont vraiment, Mademoiselle ?

— Et si je le suis moi-même, voulez-vous dire ? C'est une charmante nouvelle à lui faire parvenir, venant d'une personne jouissant de sa confiance, et dont l'engagement premier était de ne lui causer aucun souci. »

Mrs Grose réfléchit, suivant à nouveau les enfants du regard. « C'est vrai qu'il a horreur des soucis. Ça a été la principale raison…

— Pour laquelle ces traîtres l'ont trompé si long-temps ? Sans doute, bien qu'il y ait fallu une effrayante indifférence. En tout cas, je ne suis pas traître, moi, je ne faillirai pas. »

Mrs Grose, après un instant et pour toute réponse, se rassit et me saisit le bras. « En tout cas, appelez-le pour vous. »

Je la regardai, stupéfaite.

« Pour moi ? » J'eus soudain peur de ce qu'elle pouvait faire. « Lui ?

— Il faut qu'il soit là. Il faut son aide. »

Je me levai brusquement, et je pense que je dois lui avoir montré un visage plus étrange que jamais aupa-ravant. « Vous me voyez sollicitant sa visite ? » Non, à l'évidence, en me regardant en face, elle ne le pouvait pas. Et même, au lieu de cela – comme une femme en lit une autre –, elle pouvait voir ce que je voyais moi-même : sa dérision, son ironie et son mépris devant l'échec de ma résignation à la solitude et devant la subtile machination que j'avais mise en branle pour attirer son attention sur mes charmes méconnus. Elle ne savait pas – personne ne savait – combien j'avais été fière de le servir et d'honorer rigoureusement les termes de notre contrat, mais elle prit néanmoins la juste mesure de l'avertissement que je lui donnai alors : « S'il advenait que vous perdiez la tête au point de faire appel à lui pour moi… »

Elle était réellement effrayée : « Oui, Mademoi-selle ?…

— Je vous quitterais sur-le-champ, et lui, et vous. »

XIII

C'était bien beau que d'aller les retrouver, mais leur parler s'avérait, comme toujours, au-delà de mes forces et présentait, à y regarder de près, des difficultés tout aussi insurmontables qu'auparavant. Cette situation dura un mois, avec de nouvelles aggravations et des tonalités singulières ; par-dessus tout, la tonalité de plus en plus stridente d'une légère prise de conscience ironique de la part de mes élèves. Ce n'était pas – j'en suis tout aussi sûre aujourd'hui que je l'étais alors – simplement mon infernale imagination : il était absolument perceptible qu'ils étaient avertis de mon malaise, et que cet étrange rapport que nous avions constituait, d'une certaine façon et durablement, l'atmosphère dans laquelle nous évoluions. Je ne veux pas dire qu'ils échangeaient des clins d'œil ou faisaient quoi que ce soit de vulgaire – ce n'était pas à craindre d'eux : je veux dire, en revanche, que la part d'innommé et d'insaisissable devint, entre nous, plus importante que toute autre, et qu'un tel jeu d'esquive n'aurait pu être mené à bien sans un large accord tacite. Par moments, c'était comme si nous arrivions sans cesse en vue de sujets devant lesquels il nous fallait nous arrêter net, nous détourner d'allées que nous pressentions des impasses, et fermer, avec un claquement

furtif qui nous faisait échanger un regard – car, comme
tout claquement, il était plus fort que prévu –, les portes
que nous avions indiscrètement ouvertes. Tous les che-
mins mènent à Rome, et il y avait des moments où
aurait dû nous frapper le fait que tous les thèmes
d'étude et tous les sujets de conversation frôlaient des
territoires interdits. Les territoires interdits étaient la
question du retour des morts en général, et, en particulier, de ce qui peut survivre, dans le souvenir, d'amis
perdus par de jeunes enfants. Il y avait des jours où
j'aurais juré que l'un d'eux, avec un invisible petit
coup de coude, disait à l'autre : « Elle croit qu'elle y
arrivera cette fois-ci, mais elle n'y arrivera pas ! » « Y
arriver » aurait été s'autoriser, par exemple et par
extraordinaire, une référence directe à la personne qui
les avait préparés à mon enseignement. Ils avaient un
appétit insatiable et charmant pour les épisodes de ma
propre biographie, dont je les avais maintes fois
régalés ; ils connaissaient tout ce qui m'était jamais
arrivé et avaient eu droit, avec tous les détails, à l'histoire de mes plus petites aventures, de celles de mes
frères et sœurs, du chat et du chien de la maison, aussi
bien qu'à d'infinies précisions sur le penchant à l'ori-
ginalité de mon père, les meubles et la disposition de
notre demeure et les conversations des vieilles femmes
de notre village. En additionnant le tout, il y avait
suffisamment de choses dont on pouvait bavarder, si
on allait très vite et si on reconnaissait d'instinct le
moment où il fallait bifurquer. Ils manipulaient, avec
le talent qui leur était propre, les ficelles de mon imagination ou de ma mémoire, et rien d'autre peut-être,
quand j'y repensais après coup, ne me donnait à ce
point le soupçon d'être épiée dans l'ombre. En tout

cas, c'était quand il était question de ma seule vie à
moi, de mon seul passé et de mes seuls amis que nous
pouvions nous sentir tant soit peu à l'aise – situation
qui les conduisait parfois, sans la moindre logique, à
évoquer des souvenirs partageables. J'étais invitée,
sans qu'il y eût le moindre rapport perceptible avec la
situation, à répéter le célèbre bon mot de la mère Gos-
ling, ou à confirmer les détails déjà évoqués concernant
l'intelligence du poney du presbytère.

Ce fut en partie à de telles occasions, et en partie
à d'autres tout à fait différentes, que, avec le tour
qu'avaient maintenant pris les événements, mon
malaise, comme je l'ai appelé, s'accrut et se fit plus
sensible. Le fait que les jours passaient pour moi sans
nouvelle rencontre aurait dû, pourrait-on penser,
contribuer à un apaisement de mes nerfs. Depuis mon
rapide affrontement, cette seconde nuit sur le palier du
haut, à la présence d'une femme au pied de l'escalier,
je n'avais rien vu, soit dedans, soit dehors, qu'il eût
mieux valu ne pas voir.

Il y avait de nombreux coins au détour desquels je
m'attendais à tomber sur Quint, et de nombreuses situations qui, par leur côté tout simplement sinistre,
auraient été propices à l'apparition de Miss Jessel. L'été
s'était éloigné, l'été s'en était allé, l'automne était
tombé sur Bly et avait à demi soufflé notre lumière.
L'endroit, avec son ciel gris et ses guirlandes flétries,
ses espaces dénudés et ses feuilles mortes éparpillées,
ressemblait à un théâtre après la représentation, tout
jonché de programmes froissés. Ce type d'air, ces qua-
lités de sonorités et de silences, ces indicibles sensa-
tions avaient exactement la nature d'un moment
précurseur et firent resurgir en moi, assez longtemps

pour que je le perçoive, le sentiment d'atmosphère médiumnique dans laquelle, ce soir de juin, dehors, j'avais vu pour la première fois Quint, et dans laquelle aussi, à cet autre moment, après l'avoir aperçu à travers la fenêtre, je l'avais cherché en vain dans le bouquet de taillis... Je reconnaissais les signes, les présages, je reconnaissais le moment, le lieu. Mais rien ne les accompagnant, tout restait vide, et je demeurais indemne, si l'on peut dire indemne une jeune femme dont la sensibilité s'était, de la plus étrange manière, non pas apaisée mais approfondie. Lors de ma conversation avec Mrs Grose à propos de cette horrible scène avec Flora au bord du lac, j'avais dit – et cela l'avait rendue perplexe – que, depuis ce moment, je me désolerais davantage de perdre mon pouvoir que de le garder. Ce que j'avais exprimé alors était ce qui s'imposait à mon esprit : en vérité, que les enfants vissent réellement ou non – puisque, de fait, ce n'était pas définitivement prouvé –, je préférais grandement, pour leur sauvegarde, être, moi, totalement exposée. J'étais prête à connaître le pire absolu, s'il était à connaître.

Et ce qui m'était alors, avec horreur, fugitivement apparu, était que mes yeux pourraient être scellés au moment même où les leurs seraient grands ouverts. Eh bien, scellés, mes yeux l'étaient apparemment, à présent – issue pour laquelle il semblait blasphématoire de ne pas remercier Dieu. Il y avait, hélas, à cela une difficulté : je L'aurais remercié de toute mon âme si je n'avais pas eu, à proportion, cette conviction du secret que cachaient mes élèves.

Comment puis-je aujourd'hui retracer les étranges degrés de mon obsession ? Il y avait des moments, lorsque nous étions ensemble, où j'aurais été prête à jurer que, littéralement en ma présence mais refusés à ma perception directe, des visiteurs venaient, qui étaient bien connus et accueillis. Et, n'eussé-je été arrêtée par l'éventualité que le remède pouvait être pire que le mal, mon exaltation se serait donné libre cours : « Ils sont là, ils sont là, petits malheureux, aurais-je crié, et vous ne pouvez le nier maintenant. » Les petits malheureux le niaient de toute la surenchère de leur courtoisie et de leur tendresse où seule, dans ces profondeurs cristallines, passait en un éclair, comme la lueur argentée d'un poisson dans un fleuve, l'ironie de l'avantage qu'ils avaient sur moi.

En vérité, le choc avait résonné en moi encore plus profondément que je ne le croyais, la nuit où, cherchant sous les étoiles Quint ou Miss Jessel, j'y avais vu le petit garçon dont le repos m'était confié, et qui n'avait cessé un instant, tout en le dirigeant vers moi, de lever ce merveilleux regard avec lequel, depuis les créneaux qui nous surplombaient, la hideuse apparition de Quint avait joué. S'il s'agissait d'effroi, ma découverte, à cette occasion, m'avait effrayée plus que toute autre, et c'était principalement de cet état d'effroi que je tirais, en fait, mes conclusions[1].

---

1. Comme on s'en souvient, ce récit, que Douglas lit à ses amis assemblés, aurait été écrit par l'institutrice *après* les événements de Bly et si, parfois, elle commente explicitement le caractère rétrospectif de son regard, c'est loin d'être toujours le cas. Qui dit – et quand ? – « c'était principalement de cet état d'effroi que je tirais, en fait, mes conclusions » ? Sans doute celle qui écrit, bien plus tard, cette recension ; mais demeure que cette superposition de deux « je » – l'un du temps des événements et l'autre de celui du récit (de l'institutrice) – ajoute, pour le lecteur (de James) un degré de complexité à son interprétation du comportement de la jeune femme.

J'en étais tellement tourmentée que parfois, à mes moments perdus, je m'enfermais pour répéter[1] – c'était à la fois un fantastique soulagement et un désespoir renouvelé – la façon dont je pourrais en arriver au fait. J'abordais la question d'un point de vue ou de l'autre, en parcourant ma chambre avec agitation, mais je m'effondrais toujours à la perspective monstrueuse de prononcer les noms. Comme ils mouraient sur mes lèvres, je me disais que, certainement, j'ajouterais à l'infamie qu'ils représentaient si, en les prononçant, je violais un des plus rares exemples de délicatesse innée qu'eût sans doute jamais connus une salle de classe. Tandis que je me disais : « Eux ont la décence de se taire et toi, alors qu'on te fait confiance, tu as la bassesse de parler », je me sentais devenir écarlate, et je me couvrais le visage des mains. Après ces scènes discrètes, je bavardais plus que jamais, avec une volubilité ininterrompue, jusqu'à ce que survienne l'un de nos prodigieux silences palpables – je ne peux les qualifier autrement – et l'étrange et vertigineuse sensation de flotter, vol ou nage (je cherche mes mots), dans un calme, un suspens de toute vie, qui n'avait rien à voir avec le plus ou moins de bruit que nous étions en train de faire à ce moment, et que je pouvais percevoir au travers d'une gaieté plus expansive, une récitation accélérée ou un accord plus appuyé au piano. Alors, c'était que les autres, les intrus, étaient là. Bien qu'ils ne fussent pas des anges, ils « passaient », comme on dit en français[2], et le temps qu'ils restaient, je tremblais de peur qu'ils ne délivrent à leurs plus jeunes victimes

1. Au sens théâtral du mot.   2. D'après l'expression « un ange passe », d'ailleurs assez curieusement sollicitée ici. Elle

un message encore plus infernal ou une vision encore plus violente que ce qu'ils avaient estimé assez bon pour moi. Ce dont je pouvais le moins me débarrasser était l'idée cruelle que, quoi que j'aie vu, Miles et Flora avaient vu davantage, des choses terribles, inimaginables, qui surgissaient des horribles moments de leurs relations, dans le passé.

De telles pensées, bien sûr, laissaient en surface, pour un temps, un frisson glacé que nous niions ressentir à grands coups d'éclats de voix et, à force d'habitude, nous avions acquis tous les trois un si remarquable entraînement que nous en venions à chaque fois à marquer la fin de l'incident, presque automatiquement, par exactement les mêmes gestes. En tout cas, il était frappant que les enfants aient la coutume invétérée de venir m'embrasser hors de propos, et ne manquent jamais, l'un ou l'autre, de poser la précieuse question qui nous avait secourus dans maints périls : « Quand pensez-vous qu'il va venir ? Ne pensez-vous pas que nous devrions écrire ? » ; rien n'égalait cette interrogation, nous le savions d'expérience, pour se sortir d'embarras.

« Il », bien sûr, c'était leur oncle de Harley Street, et nous vivions dans la théorie, émise à profusion, qu'il pouvait à tout moment venir se mêler à notre cercle. Il était impossible d'avoir donné moins d'encouragement qu'il ne l'avait fait à la crédibilité d'une telle doctrine, mais si nous ne l'avions pas eue comme recours, nous nous serions mutuellement privés de quelques-unes de nos meilleures représentations. Il ne leur écrivait jamais, ce qui était peut-être de l'égoïsme,

---

renvoie généralement au silence qui fait irruption, sans raison, lors d'une conversation générale.

mais faisait partie de la confiance flatteuse qu'il mettait en moi, car la façon dont un homme rend le plus grand hommage à une femme a fort tendance à n'être que la célébration ravie d'une des lois sacrées de son confort personnel. Ainsi pensais-je respecter l'esprit de la parole donnée de ne pas faire appel à lui, en laissant entendre à nos jeunes amis que leurs lettres n'étaient que de charmants exercices littéraires. Elles étaient trop belles pour être postées, je les gardais pour moi. Je les ai encore toutes maintenant.

Cette règle ne faisait qu'ajouter à l'effet ironique de mon affectation d'être perpétuellement harcelée par l'hypothèse qu'il pourrait, à n'importe quel moment, se trouver parmi nous. C'était exactement comme si nos petits amis avaient su à quel point m'embarrasserait plus que toute autre chose qu'il pût en être ainsi. Néanmoins, quand je regarde en arrière, aucun élément dans tout cela ne me paraît plus extraordinaire que le simple fait que, en dépit de ma tension et de leur triomphe, je ne perdis jamais patience avec eux. Adorables, il fallait à la vérité qu'ils l'eussent été, je le sens maintenant, puisqu'en ces jours, je n'eus pas de haine pour eux. L'exaspération, cependant, si le soulagement avait été longuement différé, ne m'eût-elle pas à la fin trahie ? Il importe peu, car le soulagement vint. Ce que je nomme soulagement ne fut que le soulagement qu'apportent une rupture de tension ou l'orage qui éclate après une journée suffocante. Au moins, ce fut un changement, et cela survint d'un coup.

XIV

Un certain dimanche matin, je me rendis à l'église, le petit Miles à mon côté et sa sœur, avec Mrs Grose, devant nous, bien en vue. C'était un jour clair et sec, le premier de ce genre depuis longtemps. Il avait légèrement gelé pendant la nuit, et l'air d'automne, étincelant et vif, rendait presque gaies les cloches de l'église. Ce fut par une bizarre incongruité de la pensée qu'il se trouva que je fusse, en un tel moment, particulièrement frappée et touchée par l'obéissance de mes élèves.

Pourquoi n'éprouvaient-ils aucune irritation devant mon inexorable, ma perpétuelle compagnie ? Une ou deux choses m'avaient fait entrevoir que j'avais quasiment épinglé le garçon à mes jupes et que, à considérer la manière dont mes compagnons marchaient à l'alignement devant moi, j'aurais pu paraître me prémunir contre tout risque de rébellion. J'étais comme un geôlier gardant l'œil sur de possibles surprises et d'éventuelles évasions. Mais tout ceci ressortissait juste – je veux dire leur splendide petite reddition – à la panoplie de faits qui plongeaient dans des profondeurs abyssales. Élégamment vêtu pour le dimanche par le tailleur de son oncle, à qui on avait donné carte blanche, et qui avait le sens du joli gilet et de l'aristocratique allure de son jeune client, Miles portait si clairement inscrits sur lui les titres absolus qu'il avait à l'indépendance – les droits de son sexe et de sa situation sociale – que, s'il s'était dressé pour revendiquer sa liberté, je n'aurais rien eu à dire. Par le plus étrange hasard, j'étais en train de supputer comment je l'affronterais, quand la révolution survint. Je dis « révolution », car je vois maintenant comment, avec les mots qu'il prononça, le rideau se leva sur le dernier acte de mon terrible drame, et comment la catastrophe se précipita. « Dites-moi, ma chère, quand donc, s'il vous plaît, vais-je retourner au collège ? » dit-il d'un ton charmant[1].

Retranscrit ici, le propos paraît assez inoffensif, d'autant qu'il fut prononcé de cette haute voix de soprano, douce et nonchalante, avec laquelle, pour tous ses interlocuteurs, mais surtout pour son éternelle gouvernante, il distillait ses intonations comme s'il avait négligemment jeté des roses. Il y avait quelque chose en elles qui faisait qu'on « saisissait » toujours leur sens et, en tout cas, je « saisis » alors si indubitablement que je m'arrêtai aussi net que si un des arbres du parc était tombé en travers de la route.

Tout à coup, il y avait quelque chose de nouveau entre nous, et il savait pertinemment que je le reconnaissais, bien que, pour m'y aider, il n'eût aucun besoin de paraître un soupçon moins candide et charmant qu'à l'ordinaire. Je pouvais lire en lui combien déjà, de mon

---

1. C'est ici la première prise de parole directe de Miles, et c'est pour signifier une forme de rupture. Et le chapitre, s'ouvrant sur « le rideau se leva sur le dernier acte de mon terrible drame », se clôt sur « puis il me quitta et pénétra seul dans l'église ». Sur cette « rupture », voir la Préface p. 14.

absence de réponse immédiate, il concluait à l'avantage qu'il s'était acquis. Je tardais tant à trouver quelque chose à dire qu'il eut largement le temps, au bout d'un moment, de poursuivre avec son sourire suggestif mais dilatoire : « Voyez-vous, ma chère, pour un garçon, être toujours avec une dame… » Ce « ma chère » était constamment sur ses lèvres quand il s'adressait à moi, et rien n'aurait pu mieux exprimer l'exacte nuance de sentiment que je désirais inspirer à mes élèves que son affectueuse familiarité. C'était si simplement respectueux.

Mais, oh ! comme je sentais qu'à présent, il me fallait peser mes propres termes ! Je me souviens que, pour gagner du temps, j'essayai de rire, et il me sembla voir, dans l'expression du beau visage avec lequel il m'observait, combien je paraissais affreuse et bizarre. « Et toujours avec la même dame ? » répliquai-je.

Il ne pâlit ni ne sourcilla. Tout était virtuellement dit entre nous. « Ah, bien sûr, c'est une dame absolument "parfaite" ; mais quand même, je suis un garçon, n'est-ce pas, qui… disons, grandit… »

Je m'attardai là avec lui un instant, très tendrement. « Oui, vous grandissez. » Oh, comme j'étais désemparée !

J'ai gardé de ce jour la déchirante petite idée qu'il semblait pertinemment le savoir, et qu'il en jouait. « Et vous ne pouvez pas dire que je n'ai pas été terriblement gentil, n'est-ce pas ? »

Je posai la main sur son épaule, car, bien que sachant combien il eût été préférable de continuer à marcher, je n'en étais pas encore tout à fait capable. « Non, je ne peux pas dire cela, Miles.

— Sauf juste cette nuit-là, vous savez… !

— Cette nuit-là ? » Je ne parvenais pas à avoir un regard aussi direct que lui.

« Eh bien, quand je suis descendu… quand je suis sorti de la maison.

— Oh, oui. Mais j'ai oublié pourquoi vous aviez fait cela.

— Vous avez oublié ? s'exclama-t-il avec l'exquise extravagance des reproches enfantins. Mais c'était juste pour vous montrer que je pouvais le faire !

— Oh, oui… vous le pouviez.

— Et je le peux encore. »

Je sentis qu'il m'était peut-être possible, après tout, de retrouver mes esprits. « Sans doute. Mais vous ne le ferez pas.

— Non, cela, je ne le referai pas. Ce n'était rien.

— Ce n'était rien, acquiesçai-je. Mais il nous faut y aller. »

Il se remit à marcher avec moi en glissant sa main sous mon bras. « Alors, quand vais-je vraiment retourner au collège ? »

Je pris, en réfléchissant à la question, mon air le plus responsable. « Étiez-vous très heureux à l'école ? »

Il réfléchit un instant. « Oh, je suis plutôt heureux partout !

— Ah bon, alors, dis-je d'une voix tremblante, si vous êtes tout aussi heureux ici… !

— Ah, mais ce n'est pas tout ! Bien sûr, vous savez des tas de choses…

— Mais vous pensez que vous en savez presque autant, risquai-je tandis qu'il s'interrompait.

— Pas la moitié de ce que je voudrais, avoua honnêtement Miles. Mais ce n'est pas tant cela.

— Alors, qu'est-ce que c'est ?

— Eh bien… Je voudrais mieux connaître la vie.

— Je vois ; je vois. » Nous étions arrivés en vue de l'église et de diverses personnes, parmi lesquelles plusieurs membres de la domesticité de Bly qui s'y rendaient, et qui se groupaient près de la porte pour attendre notre entrée. Je hâtai le pas ; je voulais y arriver avant que la question n'allât nettement plus loin entre nous ; je songeais avidement qu'il y en aurait pour plus d'une heure de silence, et je pensais avec envie à l'obscurité relative du banc et à la sorte de secours spirituel du coussin sur lequel je pourrais m'agenouiller. Littéralement, il semblait que je cherchais à battre de vitesse un trouble auquel il était sur le point de m'acculer, mais je vis qu'il avait gagné quand, avant même que nous ne soyons entrés dans le cimetière, il me lança :

« Je veux vivre avec mes semblables. »

Cela me fit littéralement bondir : « Il n'y en a pas beaucoup de vos semblables, Miles ! éclatai-je de rire. Si ce n'est peut-être cette chère petite Flora !

— Vous me comparez vraiment à un bébé… et à une fille ? »

Cela me laissa singulièrement désarçonnée. « Mais n'aimez-vous pas notre exquise Flora ?

— Si je ne l'aimais pas… et vous aussi. Si je ne l'aimais pas… ! » répéta-t-il comme s'il se ramassait pour un bond[1] et, pourtant, laissant sa remarque si suspendue que, après avoir avec moi franchi la grille du cimetière, un autre arrêt, qu'il m'imposa d'une pression du bras, était devenu inévitable. Mrs Grose et Flora avaient pénétré dans l'église, les autres fidèles

1. Voir p. 51, note 1.

avaient suivi et nous restions, en cet instant, seuls parmi les vieux tombeaux massifs. Nous nous étions arrêtés, sur le chemin qui partait de la grille, près d'une tombe basse et oblongue comme une table.

« Oui, si vous ne l'aimiez pas… ? » Tandis que j'attendais, il parcourait du regard les tombes.

« Oh, vous savez bien ! » Mais il ne bougeait pas, et il proféra bientôt quelque chose qui me fit choir droit sur la dalle de pierre, comme pour soudain me reposer. « Est-ce que mon oncle pense ce que vous, vous pensez ? »

Je marquai ostensiblement un temps. « Comment savez-vous ce que je pense ?

— Oh, bien sûr, je ne le sais pas, car je m'aperçois que vous ne me l'avez jamais dit. Mais je veux dire, est-ce que lui, il sait ?

— Sait quoi, Miles ?

— Eh bien, ce que je deviens. »

Je vis assez vite que je ne pouvais faire à cette question aucune réponse qui n'impliquât pas, par quelque côté, un sacrifice de mon employeur. Mais il m'apparut que nous nous étions tous, à Bly, suffisamment sacrifiés pour rendre la faute vénielle. « Je ne pense pas que votre oncle s'en soucie beaucoup. »

Miles, à ces mots, me considéra longuement. « Alors, ne pensez-vous pas qu'on peut le faire s'en soucier ?

— De quelle manière ?

— Eh bien, en le faisant venir.

— Mais qui le fera venir ?

— Moi, je le ferai », dit le garçon avec une vivacité et une emphase extraordinaires. Il me jeta à nouveau un regard lourd de la même expression, puis il me quitta et pénétra seul dans l'église.

XV

L'affaire fut presque réglée à partir du moment où je me refusai à le suivre. C'était une déplorable reddition à mon agitation, mais la conscience que j'en avais était, je ne sais pourquoi, sans effet pour me rendre à moi-même. Je restai simplement assise là sur ma tombe à déchiffrer la pleine signification de ce que notre jeune ami m'avait dit ; en même temps que je l'élucidais en totalité, j'avais aussi adopté, pour mon absence, le prétexte que j'étais confuse d'offrir à mes élèves et au reste de l'assemblée l'exemple d'un tel retard. Ce que je m'étais surtout dit à moi-même était que Miles avait obtenu quelque chose de moi, et que la preuve lui en serait précisément cette étrange disparition. Il avait obtenu de moi la certitude qu'il y avait quelque chose dont j'avais très peur, et qu'il pourrait probablement utiliser cette frayeur pour disposer de plus de liberté pour ses propres desseins. Ma frayeur était d'avoir à affronter l'intolérable question des motifs de son renvoi du collège, puisque cela revenait en fait à la question des horreurs accumulées derrière. Que son oncle en arrivât à débattre avec moi de ces choses était une solution que, logiquement, j'aurais dû maintenant désirer susciter ; mais je pouvais si peu me faire à l'abomination et à la souffrance d'une telle situation que je m'étais contentée de différer et de vivre au jour le jour. Le garçon, à ma profonde confusion, était totalement dans son droit, et en position de me dire : « Ou vous éclaircissez avec mon oncle le mystère de cette interruption de mes études, ou vous cessez d'attendre de moi que je mène avec vous une vie si anormale pour un garçon. »

Ce qui était si anormal pour le garçon dont je me préoccupais en particulier, était cette soudaine révélation d'une réflexion consciente et d'un plan concerté.

Ce fut vraiment ce qui me bouleversa et m'empêcha d'entrer dans l'église. J'en fis le tour, hésitante, indécise. Je songeais que j'avais déjà, vis-à-vis de lui, subi un préjudice irréparable. Désormais, je ne pouvais rien raccommoder et ce m'était un trop violent effort que de me glisser après lui dans notre banc de prière : il passerait avec bien plus d'assurance que jamais son bras sous le mien et me maintiendrait assise là, une heure durant, dans l'étroite proximité de son muet commentaire sur notre conversation. Ce fut la première minute depuis son arrivée où je désirai m'éloigner de lui. Comme je m'arrêtais sous la haute fenêtre à l'est et écoutais le murmure des prières, je fus saisie d'une impulsion qui pouvait me dominer, je le sentis, totalement, si je l'encourageais tant soit peu. Je pouvais facilement mettre fin à mon épreuve en m'en allant pour de bon. C'était cela, ma chance ; il n'y avait personne pour m'arrêter ; je pouvais abandonner toute l'affaire, tourner les talons et m'échapper. Il s'agissait seulement de revenir en hâte, pour quelques préparatifs, à la maison, que la présence à l'église de la plupart des serviteurs aurait laissée pratiquement vide. Bref, personne ne pouvait me blâmer de juste m'enfuir désespérément. Quel sens cela avait-il de s'absenter, si je ne m'absentais que jusqu'au dîner ? C'était dans deux heures et, à la fin, j'en avais la prescience aiguë, mes petits élèves joueraient la perplexité innocente à propos de ma défection. « Qu'avez-vous donc fait, méchante vilaine ! Pourquoi, grands dieux ? Pour nous inquiéter, tiens, et aussi nous causer des distractions, comme bien vous pensez ! Pourquoi nous avez-vous abandonnés juste à la porte ? »

Je ne pouvais affronter de telles questions ni, lorsqu'ils les poseraient, leurs adorables petits yeux menteurs. Pourtant, c'était si exactement ce que j'aurais à affronter que, comme le tableau gagnait en acuité, à la fin, j'abandonnai.

Je pris, à tout le moins pour l'heure, la fuite ; je sortis tout droit du cimetière et, réfléchissant profondément, refis dans l'autre sens le chemin à travers le parc. Il me sembla que, au moment où j'atteignis la maison, je m'étais résolue au cynisme de la fuite. Le calme dominical, à la fois des alentours et de l'intérieur, où je ne rencontrai personne, me donna le sentiment excitant de l'occasion propice. Si je partais rapidement de cette manière, je partirais sans un éclat et sans un mot. Il me fallait cependant une remarquable promptitude, et la question du moyen de transport était le gros problème à résoudre. Préoccupée, dans le hall, par les difficultés et les obstacles, je me souviens de m'être affalée au pied de l'escalier, de m'être soudain effondrée là, sur la dernière marche, puis, avec un sursaut d'horreur, de m'être rappelé que c'était exactement l'endroit où, plus d'un mois auparavant, dans l'obscurité de la nuit, et tout aussi courbée sous le poids de pensées mauvaises, j'avais vu le spectre de la plus horrible des femmes. À cette évocation, j'eus la force de me redresser et je gravis le reste de l'escalier ; dans mon trouble, j'allai vers la salle d'étude, où il y avait des objets qui m'appartenaient et que je devais prendre. Mais quand j'ouvris la porte, ce fut pour trouver, en un éclair, mes yeux dessillés. En présence de ce que je vis, je vacillai en reculant sous le choc.

Assise à ma propre table dans la claire lumière de midi, je vis une personne que, sans mon expérience antérieure, j'aurais pu prendre de prime abord pour quelque servante qui serait restée pour surveiller la maison et qui, profitant de ce rare répit comme de la table de travail, de mes plumes, mon encre et mon papier, se serait attelée au considérable effort d'écrire une lettre à son petit ami. L'effort se voyait à ce que, tandis que ses bras reposaient sur la table, ses mains, avec une évidente lassitude, soutenaient sa tête. Mais au moment où j'observais tout cela, j'avais déjà pris conscience que, bizarrement, en dépit de mon irruption, son attitude restait la même.

Puis, dans un mouvement qui était lui-même un dévoilement, elle changea de position, et son identité m'aveugla comme une flamme. Elle se leva, non pas comme si elle m'avait entendue, mais avec une indescriptible et hautaine mélancolie, faite de lointaine indifférence et, à une douzaine de pas de moi se tint là, droit, l'être vil qui m'avait précédée. Tragique et déshonorée, elle était tout entière devant moi ; mais, comme je la regardais fixement pour l'ancrer dans ma mémoire, la terrible image se décolora et s'évanouit. Sombre comme minuit dans sa robe noire, sa beauté hagarde et son indicible tourment, elle m'avait jeté un regard assez long pour qu'il parût me dire que son droit d'être assise à ma table n'était pas moindre que le mien d'être assise à la sienne. Pendant que se prolongeaient ces instants, j'eus avec un frisson extraordinaire le sentiment glaçant que c'était moi qui étais l'intruse. Ce fut dans une protestation sauvage contre ce fait que je m'adressai directement à elle. « Atroce, misérable femme ! » m'entendis-je dire dans un cri dont le son, par la porte ouverte, se répercuta dans le long corridor et la maison vide.

Elle me regarda comme si elle m'entendait, mais j'avais recouvré mon calme et balayé mes terreurs. Un instant après, il n'y avait plus rien dans la chambre que l'éclat du soleil et, en moi, la conviction que je devais rester.

XVI

Je m'étais tellement attendue à ce que le retour des autres soit marqué par force démonstrations que je fus profondément déconcertée de devoir constater qu'ils s'en tenaient à une muette discrétion sur les raisons de ma désertion. Au lieu de souriantes gronderies et de câlineries, ils ne firent aucune allusion au fait que je les avais laissés seuls, et j'en fus réduite, voyant qu'elle non plus ne disait rien, à scruter la curieuse expression de Mrs Grose. Je le fis tant et si bien que j'en acquis la conviction qu'ils avaient, d'une manière ou d'une autre, acheté son silence ; un silence que, pourtant, je m'emploierais à lui faire rompre à la première occasion, en privé. Cette occasion se présenta avant le thé : je me ménageai cinq minutes avec elle à l'office ; là, dans le soir tombant, au milieu d'une pièce parfumée d'une odeur de pain fraîchement cuit, mais où tout avait été balayé et arrangé, je la trouvai, triste et placide, assise devant le feu. C'est ainsi que je la vois encore, et que je la vois le mieux : face à la flamme, droite sur sa chaise dans la pénombre de la pièce bien astiquée, telle une grande et sage allégorie des vertus du rangement, des tiroirs fermés à clef et du désœuvrement sans recours.

« C'est vrai, ils m'ont demandé de ne rien dire et, pour leur faire plaisir, aussi longtemps qu'ils étaient présents, bien sûr, j'ai promis. Mais qu'est-ce qu'il vous est arrivé ?

— J'étais juste allée avec vous pour la promenade, dis-je. Je devais ensuite rentrer pour voir une amie. »

Elle eut l'air surpris : « Une amie, vous ?

— Eh oui, j'en ai même une paire, dis-je en riant. Mais est-ce que les enfants vous ont donné une raison ?

— Pour ne pas faire allusion au fait que vous nous aviez quittés ? Oui, ils ont dit que vous aimeriez mieux cela. Est-ce que vraiment vous aimez mieux cela ? » Mon visage l'avait inquiétée. « J'aime cela infiniment moins ! » Mais après un instant, j'ajoutai : « Ont-ils dit pourquoi j'aimerais mieux cela ?

— Non, Monsieur Miles a seulement dit : "Nous ne devons faire que ce qui lui fait plaisir."

— Si seulement c'était le cas ! Et qu'a dit Flora ?

— Mademoiselle Flora est si gentille. Elle a dit : "Bien sûr, bien sûr", et j'ai dit la même chose. »

Je réfléchis un moment. « Vous êtes si gentille aussi. Je croirais vous entendre tous ! En tout cas, entre Miles et moi, tout est clair.

— Tout est clair ? » Ma compagne me regardait, stupéfaite. « Mais quoi, Mademoiselle ?

— Tout. Cela n'a pas d'importance. J'ai pris ma décision. Je suis revenue à la maison, ma chère amie, continuai-je, pour avoir un brin de conversation avec Miss Jessel. »

J'avais déjà pris l'habitude de bien avoir en main, si j'ose dire, Mrs Grose avant d'aborder ce registre, de sorte que, même alors, bravement, elle ne fit que ciller à ces mots, et je pus la garder dans un état de calme relatif. « Un brin de conversation ? Vous voulez dire qu'elle a parlé ?

— À peu de chose près. Quand je suis rentrée, je l'ai trouvée dans la salle d'étude.

— Et qu'est-ce qu'elle a dit ? » J'entends encore la brave femme, et sa naïve stupéfaction.

« Qu'elle endurait les tourments… »

En vérité, ce fut cela, en même temps qu'elle complétait le tableau, qui la fit béer. « Vous voulez dire les tourments des âmes perdues ? murmura-t-elle, la voix étranglée.

— Des âmes perdues. Des damnés. Et c'est pourquoi, pour les partager avec elle… » À mon tour, ma voix s'étrangla d'horreur.

Mais ma compagne, moins imaginative, me ramena sur l'obstacle. « Pour les partager avec elle… ?

— Elle veut Flora. »

À ces mots, Mrs Grose aurait pu refuser de me suivre plus loin si je n'y avais pas été préparée. Je la retins encore pour montrer que je l'étais. « Mais, comme je vous l'ai dit, cela n'a pas d'importance.

— Parce que vous vous êtes décidée ? Mais à quoi ?

— À tout.

— Et qu'est-ce que vous appelez "tout" ?

— Eh bien, à faire venir leur oncle.

— Oh, Mademoiselle, par pitié, faites-le ! s'écria mon amie.

— Oh, mais je le ferai, je le ferai. Je vois bien que c'est la seule solution. Ce qui est "clair", comme je vous l'ai dit, avec Miles, est que s'il croit que j'ai peur et il se fait des idées sur ce qu'il peut obtenir à cause de cela, il va voir qu'il se trompe. Oui, oui, son oncle apprendra de ma bouche ici même (et devant le garçon lui-même s'il le faut) que s'il y a des reproches à m'adresser pour n'avoir rien fait pour trouver une nouvelle école…

— Oui, Mademoiselle ?… insista ma compagne.

— Eh bien, c'est à cause de cette horrible raison. »

Visiblement, il y avait maintenant tellement de ces « horribles raisons » que ma pauvre amie était excusable de s'y perdre un peu. « Mais… laquelle ?

— Eh bien, la lettre de son ancien collège.

— Allez-vous la montrer au maître ?

— J'aurais dû le faire sur-le-champ.

— Oh non ! dit Mrs Grose fermement.

— Je lui exposerai, continuai-je inexorablement, que je ne peux envisager de m'atteler à cette question au profit d'un enfant qui a été renvoyé…

— Pour des raisons dont nous n'avons jamais rien su du tout ! s'exclama Mrs Grose[1].

— Pour malignité. Pour quoi serait-ce d'autre, alors qu'il est si intelligent, beau, parfait ? Est-il stupide ? Peu soigneux ? Idiot ? A-t-il mauvais caractère ? Il est exquis – donc ce ne peut être que pour cette raison-là, et cela donnerait la clef de tout. Après tout, dis-je, c'est la faute de son oncle. S'il a toléré ici de telles gens…

— En fait, il ne les connaissait pas du tout. C'est ma faute à moi. » Elle était devenue très pâle.

« Vous n'avez pas à en subir les conséquences.

1. Voir p. 42, note 1. Il y a d'autres hypothèses possibles pour ce renvoi que l'éventuelle « malignité » de Miles. L'important n'est toutefois pas leur plausibilité, mais la manière dont James sollicite l'imaginaire de son lecteur, en quelque sorte sommé de reconstituer lui-même « le motif dans le tapis ».

— Les enfants non plus », répliqua-t-elle avec emphase.

Je restai silencieuse un moment ; nous nous regardâmes. « Alors, que dois-je lui dire ?

— Vous n'avez pas besoin de lui dire quoi que ce soit. C'est moi qui le lui dirai. » Je soupesai cette déclaration. « Voulez-vous dire que vous allez écrire ? » Mais, me souvenant qu'elle ne savait pas, je me repris : « Comment envoyez-vous de vos nouvelles ?

— Je demande au régisseur ; lui, il sait écrire.

— Et vous aimeriez vraiment qu'il écrive notre histoire ? »

Ma question avait une violence sarcastique que je ne lui avais pas réellement voulue, et elle la fit, au bout d'un instant, s'effondrer. Elle avait à nouveau les larmes aux yeux. « Ah ! Mademoiselle, écrivez, vous !

— C'est entendu, ce soir même », répondis-je enfin ; et, sur ce, nous nous séparâmes.

XVII

Ce soir-là, je n'allai pas au-delà de l'en-tête de la lettre. Le temps avait à nouveau changé, un grand vent soufflait dehors et, sous la lampe, dans ma chambre, Flora dormait tranquille à côté de moi. Je restai long-temps assise devant une feuille de papier blanc à écouter le ruissellement de la pluie et le gémissement des rafales. Finalement je sortis, une chandelle à la main ; je traversai le corridor et épiai à la porte de Miles. Ma perpétuelle obsession me poussait à être ainsi à l'affût d'un quelconque indice du fait qu'il ne dormait pas, et il m'en parvint effectivement un, mais pas sous la forme attendue. Sa voix argentine tinta : « Allons donc, vous là-bas, entrez donc ! » C'était une lueur de gaieté dans les ténèbres !

J'entrai avec ma bougie et je le trouvai dans son lit, complètement réveillé mais très à l'aise. « Eh bien, qu'est-ce qui vous arrive ? » me demanda-t-il avec une gracieuse sollicitude où, pensai-je, Mrs Grose, si elle avait été là, aurait cherché en vain la preuve qu'entre nous, « tout était clair ». Je me tenais au pied de son lit, la bougie à la main. « Comment saviez-vous que j'étais là ?

— Tout simplement parce que je vous ai entendue. Pensiez-vous ne faire aucun bruit ? Vous en faites autant qu'un escadron de cavalerie ! dit-il avec un joli rire.

— Alors, vous ne dormiez pas ?

— Guère ! J'étais allongé tout éveillé et je pensais. »

J'avais posé ma bougie, à dessein, un peu plus loin et, comme il me tendait sa chère petite main amicale, je m'assis sur le bord du lit. « Et à quoi, demandai-je, pensiez-vous donc ?

— À quoi pouvais-je bien penser, ma chère, sinon à vous ?

— Oh, je suis très honorée de cet intérêt, mais je n'en demande pas tant ! Je préférerais de beaucoup que vous dormiez !

— Et je pensais aussi, voyez-vous, à cette bizarre affaire entre nous. »

Je notai la froideur de sa petite main ferme. « Quelle "bizarre affaire", Miles ?

— Eh bien, la façon dont vous m'élevez, et tout le reste. »

Je retins profondément mon souffle un instant ; la bougie vacillante donnait assez de lumière pour que je pusse voir comme il me souriait, au creux de son oreiller.

« Que voulez-vous dire par "tout le reste" ?

— Oh, vous savez bien, vous savez bien… »

Je ne pus rien dire pendant une minute, bien que je me rendisse compte, comme je retenais sa main et que nous continuions à nous regarder, que mon silence avait tout l'air d'être un acquiescement à son accusation, et que rien au monde n'était peut-être aussi extraordinaire que notre véritable relation.

« Mais certainement, vous retournerez au collège, dis-je, si c'est cela qui vous préoccupe. Mais pas à l'ancien ; il faut que nous en trouvions un autre, un meilleur. Comment aurais-je pu savoir que cette question vous troublait à ce point, alors que vous ne l'avez jamais dit, que vous n'en avez jamais touché un mot ? »

Son clair visage, attentif, encadré de blancheur mousseuse, le rendait en cet instant aussi émouvant qu'un jeune patient triste et songeur dans un hôpital pour enfants ; et, comme cette comparaison s'imposait à moi, je me dis que j'aurais donné tout ce que je possédais sur terre pour être vraiment l'infirmière ou la sœur de charité qui aurait pu aider à le guérir. Après tout, peut-être pouvais-je être utile. « Savez-vous que vous n'avez jamais dit un mot de votre école, je veux dire l'ancienne, que vous n'y avez jamais fait allusion d'aucune manière ? »

Il sembla s'interroger, il me souriait avec la même grâce. Mais, visiblement, il gagnait du temps, il sollicitait une indication sur la conduite à suivre. « Je ne l'ai pas fait ? » Et ce n'était pas de moi qu'il sollicitait l'aide, c'était de la chose que j'avais rencontrée !

Quelque chose dans son ton et l'expression de son visage, quand il prononça ces mots, me déchira le cœur d'un accès de chagrin tel que je n'en avais jamais connu, tant il était indiciblement bouleversant de voir son petit cerveau désemparé et ses minuscules ressources mises à rude épreuve pour lui permettre, malgré la pression à laquelle il était soumis, de feindre l'innocence et la conviction. « Non, jamais, depuis l'heure de votre retour, vous n'avez fait mention d'un de vos maîtres, d'un de vos camarades, ni de la moindre chose qui soit jamais arrivée au collège. Non, mon petit Miles, non, jamais vous ne m'avez donné la moindre idée de ce qui aurait pu s'y produire. Vous pouvez donc imaginer combien j'étais à mille lieues d'y penser. Avant de vous mettre à en parler ce matin, jamais, depuis la première heure où je vous ai vu, vous n'avez seulement fait une référence à un quelconque événement de votre existence antérieure. Vous sembliez si parfaitement vous satisfaire du présent. »

C'était extraordinaire comme mon absolue certitude de sa secrète précocité – quelque nom que je puisse donner au poison d'une influence que je n'osais qu'à demi formuler – me le faisait apparaître, à la légère réserve de son trouble intérieur, aussi accessible au raisonnement qu'un adulte, et me forçait à le traiter intellectuellement en égal. « Je pensais que vous vouliez que les choses continuent ainsi. » À ces mots, j'en fus frappée, son visage se colora. Et il eut, comme un convalescent un peu fatigué, un mouvement las de la tête. « Non, je ne le veux pas. Je veux partir.

— Vous en avez assez de Bly ?

— Oh, non, j'aime Bly.

— Alors quoi ?

— Oh, vous, vous savez bien ce dont un garçon a besoin. »

Sans doute ne le savais-je pas aussi bien que Miles et je cherchai momentanément une échappatoire

« Vous voulez aller chez votre oncle ? »

À nouveau, à ces mots, une expression ironique sur son doux visage, il s'agita sur son oreiller : « Oh, vous ne vous en tirerez pas comme cela ! »

Je restai silencieuse un court instant, et ce fut moi qui alors, je crois, changeai de couleur : « Mais, mon ami, je ne cherche pas à m'en tirer !

— Vous ne le pouvez pas, même si vous le voulez. Vous ne le pouvez pas, d'aucune façon. » Étendu, il me fixa de ses beaux yeux. « Il faut que mon oncle vienne et que vous arrangiez tout.

— Si nous le faisons, répliquai-je avec une certaine véhémence, vous pouvez être sûr que ce sera pour vous éloigner tout à fait d'ici.

— Mais ne comprenez-vous pas que c'est exactement ce que je cherche ? Vous en aurez à lui raconter – sur la manière dont vous avez laissé aller les choses. Vous en aurez à lui raconter un drôle de paquet ! »

L'exultation avec laquelle il prononça ces mots m'aida d'une certaine façon, sur l'instant, à m'engager un peu plus avant. « Et vous-même, Miles, combien en aurez-vous à lui raconter ? Il y a des choses sur lesquelles il vous posera des questions ! »

Il réfléchit. « Très probablement. Mais quel genre de choses ?

— Les choses dont vous n'avez jamais parlé. Pour qu'il prenne une décision sur ce qu'il faut faire de vous. Il ne peut pas vous faire retourner…

— Je ne veux pas y retourner, m'interrompit-il. Je veux voir du nouveau. »

Il dit cela avec une admirable sérénité, une incontestable et réelle gaieté, et ce fut sans doute cette intonation même qui me fit le mieux entrevoir la violence, la tragédie enfantine hors nature que serait son éventuelle réapparition au bout de trois mois, avec toute cette bravade – et le surcroît de déshonneur. Je fus alors submergée par la certitude que je ne le supporterais jamais, et je me laissai aller. Je me jetai sur lui et, dans ma tendre compassion, je le serrai dans mes bras. « Cher petit Miles, cher petit Miles… »

Mon visage était tout proche du sien et il me laissa l'embrasser en accueillant ces effusions avec une bonne humeur indulgente : « Allons, allons, ma bonne amie…

— N'y a-t-il rien, rien vraiment, que vous vouliez me dire ? »

Il se détourna un peu, fit face au mur et porta sa main à son visage pour la regarder, comme on le voit faire aux enfants malades.

« Je vous l'ai dit. Je vous l'ai dit ce matin. »

Oh, j'étais désolée pour lui. « Que vous ne voulez plus que je vous tracasse ? »

Son regard revint alors vers moi comme pour confirmer que je l'avais compris ; et toujours aussi gentiment, il dit : « Que vous me laissiez en paix. »

Il y avait une étrange petite dignité dans ces mots, quelque chose qui me fit le lâcher, mais aussi, après m'être redressée, m'attarder près de lui. Dieu sait que je ne voulais pas le persécuter, mais il me parut qu'après cela, lui tourner simplement le dos serait l'abandonner ou, pour parler plus exactement, le perdre. « Je viens juste de commencer une lettre à votre oncle, dis-je.

— Eh bien, finissez-la ! »

J'attendis un moment. « Qu'est-il arrivé avant ? »

Il leva les yeux vers moi. « Avant quoi ?

— Avant votre retour ici. Et avant votre départ pour le collège. »

Il se tut pendant quelque temps, mais il ne détourna pas les yeux. « Ce qu'il est arrivé ? »

Cela me fit, le son de ces mots où il me sembla pour la toute première fois percevoir un petit frémissement d'aveu consentant, cela me fit tomber à genoux près du lit pour tenter une fois de plus de prendre possession[1] de lui. « Cher petit Miles, cher petit Miles, si seulement vous saviez combien je veux vous aider ! C'est seulement cela, uniquement cela, et j'aimerais mieux mourir que vous faire de la peine ou du mal, j'aimerais mieux mourir que toucher un cheveu de votre tête. Cher petit Miles » – oh, il fallait que je le dise maintenant, dussé-je aller trop loin – « je veux seulement que vous m'aidiez à vous sauver ! » Mais dans l'instant où j'eus dit cela, je sus que j'étais allée trop loin. La réponse à ma supplication fut instantanée, mais vint sous la forme d'une extraordinaire rafale, une bourrasque d'air glacé qui ébranla la pièce aussi violemment que si, sous les coups du vent sauvage, la fenêtre avait été enfoncée.

Le jeune garçon poussa un grand cri aigu qui, perdu dans le reste du tumulte sonore, aurait pu passer indistinctement, même pour moi qui étais pourtant si près de lui, pour un cri de jubilation ou d'effroi. Je me relevai d'un bond et pris conscience de l'obscurité. Nous restâmes ainsi un moment, pendant lequel je regardai avec stupeur autour de moi et vis les rideaux tirés parfaitement immobiles et la fenêtre toujours close.

« Pourtant, la bougie s'est éteinte, criai-je.

— Ma chère, c'est moi qui l'ai soufflée », dit Miles.

---

1. Le mot anglais renvoie aux mêmes registres qu'en français : la possession physique mais aussi mentale, démoniaque.

XVIII

Le lendemain, après la leçon, Mrs Grose trouva un moment pour me demander discrètement : « Avez-vous écrit, Mademoiselle ?

— Oui, j'ai écrit. » Mais je n'ajoutai pas que, pour l'heure, la lettre scellée et dûment adressée était encore dans ma poche. J'avais du temps devant moi pour la déposer avant que le messager n'aille au village. Du reste, jamais matinée d'étude n'avait été, de la part de mes élèves, plus étincelante et plus exemplaire. C'était tout à fait comme s'ils avaient tous les deux eu à cœur de faire oublier d'éventuelles légères frictions récentes. Ils exécutèrent les plus vertigineuses virtuosités arith-métiques, s'élevant bien au-delà de mes faibles talents, et se livrèrent avec plus de verve que jamais à leurs plaisanteries historiques et géographiques. Il était mani-feste que Miles en particulier souhaitait me montrer avec quelle facilité il pouvait me surpasser.

Dans ma mémoire, cet enfant reste lié à une double atmosphère de beauté et de détresse que nul mot ne peut traduire. Il mettait une distinction rien qu'à lui dans chacune de ses trouvailles. Jamais une petite créa-ture humaine, toute de franchise et de spontanéité pour des yeux non avertis, ne fut un plus extraordinairement subtil « jeune gentleman ». Je devais sans arrêt me tenir en garde contre l'admirative contemplation qui trahissait la lucidité informée de mon regard, contrôler cet œil vague sans raison, ce soupir découragé avec lesquels sans cesse j'affrontais, et simultanément y renonçais, l'énigme de ce qu'un tel « jeune gentleman » pouvait avoir fait qui méritât une sanction. Admettons que, de par le sombre prodige que je savais, l'imagination totale du mal lui ait été ouverte : tout mon sens de la justice guettait douloureusement la preuve que cela ait jamais pu s'épanouir en acte.

En tout cas, il ne s'était jamais montré plus « jeune gentleman » que quand, après le dîner que nous prenions tôt, cet horrible jour, il s'approcha de moi et me demanda si je n'aimerais pas qu'il me joue du piano une demi-heure. David jouant pour Saül[1] n'aurait pas pu montrer plus subtil sens de l'opportunité. C'était à la lettre une exquise démonstration de tact, de magnanimité, et revenait exactement à dire en clair : « Les vrais chevaliers dont nous aimons tant lire les histoires ne poussent jamais trop loin leur avantage. Je sais ce que vous pensez maintenant. Vous pensez que, pour être laissée vous-même tranquille et n'être pas poussée dans vos derniers retranchements, vous allez arrêter de

---

1. Saül et David sont des personnages bibliques évoqués dans le premier et le second livre de Samuel. L'un après l'autre rois d'Israël, ils livrèrent des combats devenus légendaires, particulièrement celui de David contre Goliath. Toutefois, ici, la comparaison s'empare d'autres éléments de la légende. Le jeune David avait coutume de jouer de la cithare pour calmer le roi Saül quand celui-ci avait des accès de démence. Quant à Saül, épris de David, il devint jaloux de son affection pour Jonathan au point de chercher plusieurs fois à le tuer... Démence, passion et jalousie meurtrières : la référence est lourde de sens...

me tourmenter et de m'espionner, que vous ne me garderez plus si près de vous, que vous me laisserez aller et venir. Eh bien, je "viens", vous le voyez, et je ne m'en vais pas. Pour cela, nous avons bien le temps. Je prends le plus extrême plaisir à votre compagnie et je voulais seulement vous montrer que je discutais pour le principe. »

On peut imaginer si je résistai à cette proposition ou si je manquai à retourner avec lui, main dans la main, dans la salle d'étude. Il s'assit devant le vieux piano et joua comme jamais il n'avait joué ; et s'il en est qui pensent qu'il aurait mieux fait d'aller donner des coups de pied dans un ballon, je ne peux que dire que je partage absolument leur avis. Car à la fin d'un temps que, sous son emprise, j'avais cessé d'évaluer, je sursautai avec l'étrange sensation de m'être littéralement endormie à mon poste. C'était après le repas, j'étais près du feu de la salle d'étude, et pourtant je ne m'étais pas le moins du monde endormie : j'avais seulement fait quelque chose de bien pire… j'avais oublié. Où était, pendant tout ce temps, Flora ? Quand je posai la question à Miles, il continua de jouer pendant une minute avant de répondre, puis ne sut que dire : « Mais, ma chère, comment le saurais-je, moi ? » en éclatant de surcroît d'un rire heureux qu'immédiatement après, comme s'il s'était agi d'un accompagnement vocal, il prolongea en une incohérente et extravagante chanson.

J'allai droit à ma chambre, mais sa sœur n'y était pas ; puis, avant de redescendre, je regardai dans plusieurs autres pièces. Puisqu'elle n'était nulle part aux alentours, elle serait certainement avec Mrs Grose, dont, réconfortée par cette hypothèse, je me mis sur-le-champ en quête. Je la trouvai là où je l'avais trouvée

le soir précédent, mais elle répondit à mes interroga-
tions pressées par une ignorance profonde et inquiète.
Elle avait seulement pensé qu'après le repas, j'avais
emmené les deux enfants, ce qui était parfaitement
légitime de sa part car c'était la toute première fois
que je laissais la petite fille être hors de ma vue sans
avoir pris des dispositions particulières.

Bien sûr, maintenant, elle pouvait évidemment être
avec les servantes, aussi la première chose à faire était-
elle de la chercher sans avoir l'air affolé. C'est ce
que nous mîmes rapidement au point entre nous ; mais
quand, dix minutes plus tard, comme convenu, nous
nous retrouvâmes dans le hall, ce ne fut que pour
nous dire mutuellement que, après de prudentes inves-
tigations, ni l'une ni l'autre n'avait réussi à retrouver
sa trace. Pendant une minute, là, sans témoin, nous
échangeâmes nos muettes alarmes, et je pus constater
combien ma compagne me rendait avec usure celles
que je lui avais d'abord données.

« Elle sera en haut, dit-elle bientôt, dans une des
pièces où vous n'avez pas regardé.

— Non, elle est loin – mon opinion était faite – elle
est sortie. »

Mrs Grose ouvrit de grands yeux. « Sans chapeau ? »

Je lui retournai un regard lourd de sens : « Cette
femme n'est-elle pas toujours tête nue[1] ?

---

1. Le port d'un chapeau est un signe du statut social, et s'en
dispenser, à l'extérieur, une transgression des « bonnes manières »,
pour ne pas dire un indice de déclassement : ainsi, Miss Jessel est
toujours « tête nue ». Il y aurait dans la désinvolture de Flora – huit
ans –, sortie dans le parc « sans chapeau », un indice de la conta-
gieuse « dépravation » suscitée par Miss Jessel, comme le sera
explicitement, au chapitre XXI, la mention de son langage déver-

— Elle est avec elle ?

— Elle est avec elle ! affirmai-je. Il faut que nous les trouvions. » Je posai la main sur le bras de mon amie, mais en cet instant, confrontée à cette description de la situation, elle ne répondit pas à ma pression. Au contraire, elle resta où elle était, à réfléchir, mal à l'aise.

« Et où est Monsieur Miles ?

— Oh, lui, il est avec Quint ! Ils doivent être dans la salle d'étude.

— Seigneur, Mademoiselle ! » Mon visage, j'en étais moi-même consciente, et par conséquent, je suppose, le ton de ma voix n'avaient jamais atteint un tel degré de calme assurance.

« La farce est jouée ! continuai-je, ils ont parfaitement réalisé leur plan. Il a trouvé le moyen le plus divin pour me faire tenir tranquille pendant qu'elle se sauvait.

— Divin ? répéta en écho Mrs Grose, effarée.

— Disons infernal alors ! répliquai-je presque gaiement. Et il a fait d'une pierre deux coups. Mais venez ! »

Elle avait eu un regard désemparé à l'évocation des célestes contrées. « Vous le laissez…

— Si longtemps avec Quint ? Oui. Je ne me soucie plus de cela maintenant. » Elle finissait toujours, en ces moments, par me saisir la main, et elle put ainsi me retenir encore un instant.

---

gondé. Le lecteur d'aujourd'hui est moins sensible à cette dimension sociale que les contemporains de James, mais elle est pour lui très importante : le thème de l'enfermement des femmes dans le réseau des bienséances se retrouve très souvent dans son œuvre, notamment dans *Les Bostoniennes*.

Mais après être restée un moment muette de stupeur devant ma soudaine résignation, elle me demanda avidement : « À cause de votre lettre ? »

Rapidement, en guise de réponse, je fouillai ma poche, sortis la lettre, la brandis bien en vue et, me libérant, allai la poser sur la grande table du hall. « Luke la prendra », dis-je en revenant. J'atteignis la porte d'entrée et l'ouvris. J'étais déjà sur les marches.

Ma compagne hésitait encore : la tempête de la nuit et du petit matin était tombée, mais l'après-midi était humide et gris. J'arrivai au chemin alors qu'elle était encore sur le seuil : « Vous sortez sans rien sur vous ?

— Qu'est-ce que cela peut faire, puisque la petite n'a rien non plus ! Je n'ai pas le temps de m'habiller, criai-je, et si vous voulez le faire, je vous laisse. Pendant ce temps, occupez-vous en haut !

— Avec eux ! » Oh, comme, à ces mots, la pauvre femme fit vite pour me rejoindre !

XIX

Nous allâmes droit au lac, comme on l'appelait à Bly, et, à mon sens à juste titre, encore qu'il ait bien pu s'agir d'une étendue d'eau moins digne d'intérêt que ne l'estimaient mes yeux naïfs. Mes connaissances aquatiques étaient réduites, et l'étang de Bly, en tout cas, dans les rares occasions où j'avais consenti, sous la protection de mes élèves, à en affronter la surface dans le vieux bateau à fond plat amarré là pour notre usage, m'avait fortement impressionnée tant par son étendue que par l'agitation de ses eaux. Le lieu habituel d'embarquement était bien à un demi-mile, mais j'avais l'intime conviction que, où que pût être Flora, elle n'était pas à proximité de la maison. Elle ne m'avait pas faussé compagnie pour une petite aventure et, depuis le jour de la très grande que nous avions partagée près de l'étang, je n'avais pas été sans remarquer, au cours de nos promenades, l'endroit qu'elle affectionnait le plus. C'était pourquoi j'avais conduit les pas de Mrs Grose dans une direction si précise – une direction qui, quand elle la reconnut, lui fit marquer un temps de recul qui me montra qu'elle était à nouveau déconcertée. « Vous allez vers l'eau, Mademoiselle ? Vous pensez qu'elle est dedans ?

— C'est possible, bien que la profondeur ne soit nulle part très grande. Mais ce que je crois plus probable est qu'elle est à l'endroit d'où, l'autre jour, nous avons vu ce que je vous ai dit.

— Quand elle a fait semblant de ne pas voir ?...

— Avec cette stupéfiante maîtrise de soi ! J'ai toujours été persuadée qu'elle voulait y revenir seule. Et aujourd'hui, son frère lui a arrangé cela. »

Mrs Grose était toujours là où elle s'était arrêtée. « Vous pensez qu'ils parlent vraiment d'eux ? »

Je pouvais être sur ce point totalement formelle ! « Ils se disent des choses qui, si nous les entendions, nous sidéreraient positivement.

— Et si elle est bien là...

— Oui ?

— Miss Jessel l'est aussi ?

— Sans l'ombre d'un doute. Vous verrez.

— Oh, merci bien ! » s'écria mon amie, si fermement plantée sur place que, en prenant acte, je continuai tout droit sans elle. Pourtant, au moment où j'atteignais l'étang, elle était juste derrière moi et je compris que, quoi qui pût, selon ses craintes, fondre sur moi, le péril encouru à coller à mes pas lui paraissait un moindre risque. Elle poussa un soupir de soulagement quand, enfin arrivées en vue de la plus grande partie de l'étang, nous n'aperçûmes pas l'enfant. Il n'y avait pas trace de Flora sur ce plus proche côté de la berge où je l'avais observée naguère avec un tel saisissement, non plus que sur la rive opposée où, à l'exception d'un espace découvert d'une vingtaine de mètres, un épais taillis descendait jusqu'à l'eau. Ce morceau d'étang, de forme oblongue, était si étroit au regard de sa longueur que, les deux extrémités en étant invisibles, on aurait pu le prendre pour une petite rivière. Nous regardâmes l'étendue vide, et je lus dans les yeux de mon amie ce qu'elle allait suggérer. Je compris ce qu'elle voulait dire, mais je le réfutai d'un signe de tête.

« Non, non, attendez. Elle a pris le bateau. »

Ma compagne regarda avec stupeur le point d'amarrage vide, puis à nouveau l'autre côté du lac. « Où est-il alors ?

— Le fait que nous ne le voyions pas en est la meilleure preuve. Elle s'en est servie pour traverser, et ensuite s'est arrangée pour le dissimuler.

— Toute seule ? Une enfant ?

— Oh, elle n'est pas seule, et dans ces moments-là, ce n'est pas une enfant, c'est une vieille, très vieille femme. » J'inspectai tout le rivage visible, tandis que Mrs Grose, une fois de plus, plongeait avec soumission dans le très bizarre élément que j'offrais à sa réflexion ; puis je lui fis remarquer que le bateau pouvait très bien être dans un petit abri que formait un des replis de la berge, une indentation masquée, pour ce côté-ci, par l'avancée de la rive et par un bouquet d'arbres qui poussaient près de l'eau.

« Mais si le bateau est là, où, grands dieux, est-elle, elle ? demanda anxieusement ma compagne.

— C'est exactement ce que nous devons découvrir. » Et je me remis en route.

« En faisant tout le tour ?

— Certainement, même si c'est loin. À nous, cela ne prendra qu'une dizaine de minutes, mais c'est assez loin pour qu'une enfant ait préféré ne pas marcher. Elle a traversé directement.

— Pardi ! » s'écria à nouveau mon amie : mon enchaînement logique était toujours trop fort pour elle. Il l'attacha une fois encore à mes pas et quand nous fûmes arrivées à mi-parcours – la progression était fatigante et tortueuse sur un terrain inégal et par un sentier envahi de broussailles –, je m'arrêtai pour lui laisser reprendre haleine. Je la soutins d'un bras réconfortant, l'assurant qu'elle pouvait m'être d'un grand secours ; et cela nous fit à nouveau repartir, de sorte que, au bout d'à peine quelques minutes, nous atteignîmes un point d'où nous découvrîmes que le bateau était exactement là où je l'avais supposé. Il avait été mis, autant que faire se pouvait, hors de vue et était attaché à un des montants d'une palissade qui, à cet endroit, descendait jusqu'à l'eau, ce qui avait facilité le débarquement.

En voyant la paire d'épaisses et courtes rames soigneusement remontées, je mesurai le caractère prodigieux d'un tel exploit de la part d'une petite fille ; mais j'avais déjà trop longtemps vécu parmi des choses stupéfiantes et je m'étais essoufflée à suivre trop de rythmes encore plus échevelés. Il y avait une ouverture dans la palissade, par laquelle nous passâmes et qui, un instant plus tard, nous mena en plein champ. « La voilà ! » L'exclamation fusa de nous deux en même temps.

Flora se tenait un peu plus loin, debout devant nous dans l'herbe, et souriait comme si son coup d'éclat était maintenant parachevé. Cependant, tout de suite après, elle se baissa et cueillit, exactement comme si c'était tout ce qu'elle était venue faire, une horrible grande tige de fougère fanée. J'eus l'immédiate certitude qu'elle venait juste de sortir du bosquet. Elle nous

attendait, sans elle-même faire un pas, et j'eus conscience de la rare solennité avec laquelle nous nous
approchions d'elle. Elle souriait toujours, nous nous
rejoignîmes. Mais le tout se déroula dans un silence à
l'évidence sinistre ; Mrs Grose fut la première à rompre
le maléfice : elle tomba à genoux et, attirant l'enfant
contre sa poitrine, serra dans un long embrassement le
tendre petit corps qui s'abandonnait. Pendant que dura
cette étreinte muette, je ne pus que l'observer, ce que
je fis plus intensément encore quand je vis le visage
de Flora me regarder furtivement par-dessus l'épaule
de notre compagne. Il était sérieux maintenant, son
sourire incertain l'avait quitté ; mais celà augmentait
la douleur avec laquelle j'enviais à Mrs Grose, en cet
instant, la simplicité de sa relation à l'enfant. Et pendant tout ce temps, rien d'autre ne se passa entre nous,
si ce n'est que Flora avait laissé choir à terre sa stupide
tige de fougère. Ce qu'elle et moi nous étions virtuellement dit l'une à l'autre était que les prétextes étaient
désormais superflus.

Quand finalement Mrs Grose se releva, elle garda
dans la sienne la main de l'enfant, de sorte qu'elles
me faisaient face toutes les deux ; et sa singulière
rétractation de notre connivence fut soulignée par le
regard direct qu'elle me lança. « Que je sois pendue,
disait-il, si j'ouvre la bouche. »

Ce fut Flora qui, me regardant de haut en bas avec
un étonnement candide, parla la première. Elle était
stupéfaite de nous voir tête nue. « Mais où sont vos
affaires ?

— Et où sont les vôtres, ma chère ? » répliquai-je
promptement. Elle avait déjà retrouvé sa gaieté et

sembla se contenter de cette réponse. « Où est Miles ? » continua-t-elle.

Il y avait quelque chose dans l'audace enfantine de cette question qui eut totalement raison de moi. Ces trois mots d'elle furent, en un éclair, comme le scintillement d'une lame dégainée, comme le vacillement de la coupe pleine à ras bord que ma main, depuis des semaines et des semaines, avait maintenue haut levée et que maintenant, même avant d'avoir parlé, je sentais déborder à pleins flots. « Je vous le dirai si, à moi, vous dites… », m'entendis-je prononcer, comme j'entendis le tremblement sur lequel je m'interrompis.

« Oui, quoi ? »

L'anxieuse tension de Mrs Grose fusa jusqu'à moi, mais il était maintenant trop tard et je dis bravement la chose :

« Où donc, ma petite chérie, est Miss Jessel ? »

XX

Exactement comme dans le cimetière avec Miles, la chose allait fondre sur nous. Bien que j'aie déjà insisté sur le fait que ce nom n'avait jamais été prononcé entre nous, la soudaine rougeur qui colora le visage de l'enfant sous le choc fit ressembler cette violation du silence à un fracas de verre brisé. À cela se superposa le cri que poussa Mrs Grose comme pour s'interposer et parer à ma violence – le cri aigu d'une créature effrayée, ou plutôt blessée, que compléta à son tour, quelques secondes plus tard, mon propre halètement. Je saisis le bras de ma compagne. « Elle est là ! Elle est là ! »

Miss Jessel se tenait devant nous, sur la rive opposée, exactement comme l'autre fois et, très étrangement, je me souviens, comme du premier sentiment que je ressentis alors, de mon frisson de joie d'avoir suscité une preuve. Elle était là, donc j'étais justifiée ; elle était là, donc je n'étais ni cruelle ni folle. Elle était là pour l'édification de la pauvre Mrs Grose terrifiée, mais par-dessus tout elle était là pour la confusion de Flora ; et nul instant du monstrueux moment que je vivais ne fut peut-être aussi extraordinaire que celui où, en toute conscience, je lui adressai – avec le sentiment que, tout livide et vorace démon qu'elle fût, elle le capterait et le comprendrait – un muet message de gratitude. Elle se dressait debout à l'endroit que mon amie et moi venions de quitter, et il n'y avait pas un atome de la malignité du désir avide qu'elle projetait à distance vers nous qui n'atteignît son but.

Cette première acuité de vision et d'émotion fut l'affaire de quelques secondes, pendant lesquelles le regard hébété de Mrs Grose vers l'endroit que je désignais me montra à l'évidence qu'elle aussi, enfin, voyait, en même temps qu'il ramena précipitamment mon propre regard à l'enfant. La révélation que j'eus alors de la manière dont Flora réagissait me saisit en vérité beaucoup plus que ne l'aurait fait la constatation qu'elle était simplement en proie à l'agitation, car une visible consternation n'était évidemment pas ce que j'avais attendu. Je savais qu'avertie et sur ses gardes comme l'avait amenée à l'être notre poursuite, elle voudrait réprimer toute réaction qui la trahît, et je fus par conséquent violemment troublée par ce que je perçus d'abord d'une attitude que je n'avais pas prévue. La voir, sans le moindre tressaillement de son petit visage rose, ne pas même feindre de regarder dans la direction du prodige dont je clamais la présence, mais seulement, au lieu de cela, tourner vers moi une expression de calme et sévère gravité, une expression totalement nouvelle et inconnue qui semblait me lire, m'accuser et me juger, ce fut un coup qui, en quelque sorte, transforma la petite fille elle-même en figure sinistre. J'étais confondue par son sang-froid dans le temps même où ma certitude qu'elle voyait n'avait jamais été aussi forte, et, mue par le besoin immédiat de me défendre, j'en appelai passionnément à son témoignage. « Elle est là, petite malheureuse, là, là, là, et vous le savez, aussi vrai que j'existe ! » J'avais dit peu de temps auparavant à Mrs Grose qu'elle n'était pas en ces instants une enfant, mais une vieille, très vieille femme, et cette description n'aurait pu être confirmée d'une manière plus saisissante que par la façon dont, pour toute réponse, elle affecta simplement, sans que l'expression de son visage admît ou concédât quoi que ce soit, une attitude soudain figée dans une réprobation de plus en plus profonde.

En ces instants m'épouvantait plus que toute autre chose – si je peux rassembler les éléments de tout le tableau – ce que j'appellerais à proprement parler ses « bonnes manières », bien que je fusse simultanément consciente qu'il me fallait aussi, et redoutablement, compter avec Mrs Grose. De fait, l'instant d'après, ma vieille compagne fit passer au second plan tout ce qui n'était pas son visage empourpré et sa bruyante protestation scandalisée, son expression de profonde réprobation : « Vraiment, quel mauvais tour nous jouez-vous, Mademoiselle ? Où, grands dieux, voyez-vous quelque chose ? »

Je ne pus qu'agripper plus vivement encore son bras, car pendant qu'elle parlait, l'affreuse, la hideuse présence se tenait toujours là, impavide, inaltérée. Cela avait déjà duré une minute, et cela dura pendant que, empoignant ma compagne, la poussant en avant et la contraignant à lui faire face, je continuais à la désigner de mon doigt tendu. « Vous ne la voyez pas comme nous la voyons ? Vous voulez dire que vous ne la voyez pas maintenant, là, maintenant ? Elle crève les yeux ! Mais regardez seulement, chère, chère amie, regardez ! » Elle regardait, tout comme moi, et son profond gémissement de négation, de répulsion et de compassion mêlées, où l'apitoiement se conjuguait au soulagement de son exemption, me donna le sentiment, dont je fus, même alors, touchée, qu'elle serait venue à ma rescousse si elle l'avait pu. J'en aurais eu bien besoin, car avec le rude coup que m'asséna le constat que ses yeux étaient désespérément scellés, je sentis s'effriter horriblement ma propre situation. Je sentis – je *vis* – la créature livide qui m'avait précédée, de l'endroit où elle était, souligner ma défaite et, plus que tout, je pris la mesure dès cet instant de ce qu'allait me valoir le stupéfiant petit jeu de Flora.

Jeu dans lequel entra immédiatement et violemment Mrs Grose, qui éclata, alors même que perçait au travers de l'aveu de ma ruine un prodigieux sentiment d'intime triomphe, en un flot de paroles rassurantes :

« Elle n'est pas là, ma petite demoiselle, il n'y a personne – et vous n'avez jamais rien vu du tout, ma petite chérie ! Comment cette pauvre Miss Jessel pourrait-elle être là, puisque la pauvre Miss Jessel est morte et enterrée ! *Nous*, nous le savons, n'est-ce pas, mon petit cœur ? » Et, s'enferrant, pataude, elle suppliait l'enfant : « Tout ça, c'est juste une erreur, une mauvaise plaisanterie, et nous allons vite rentrer à la maison ! »

Notre jeune compagne acquiesça à ce retour aux convenances d'un étrange petit signe raide et, à nouveau, Mrs Grose s'étant relevée, elles étaient, semblait-il, unies contre moi par leur commune opposition scandalisée. Flora continuait à me fixer de son petit masque hostile et même en cet instant, je priai Dieu qu'il me pardonnât d'oser m'apercevoir que, comme elle se tenait cramponnée à la jupe de notre amie, son incomparable beauté enfantine l'avait soudain quittée, s'était totalement évanouie. Je l'ai déjà dit, littéralement elle s'était horriblement guindée, elle était devenue commune et presque laide. « Je ne sais pas ce que vous voulez dire. Je n'ai vu personne. Je n'ai rien vu du tout. Jamais. Je pense que vous êtes méchante. Je ne vous aime plus. » Puis, après ce couplet, qui aurait pu être celui d'une vulgaire petite effrontée des rues[1], elle se serra plus fort contre Mrs Grose et enfouit dans ses jupes son affreux petit visage. Dans cette position, elle cria presque furieusement : « Emmenez-moi, emmenez-moi ! Oh, emmenez-moi loin d'elle !

— Loin de moi ? suffoquai-je.

— Loin de vous, loin de vous », cria-t-elle.

Mrs Grose elle-même me jeta un regard consterné cependant qu'il ne me restait rien d'autre à faire que de me tourner à nouveau vers la silhouette qui, sur l'autre rive, sans un mouvement, aussi rigide et immobile que si, par-delà la distance, elle avait perçu nos voix, était aussi impérieusement présente à ma défaite qu'elle avait été absente à mon service. La misérable enfant avait parlé exactement comme si lui était venu d'une source extérieure chacun de ses petits mots acérés, et je ne pus donc, totalement désespérée par tout ce qu'il me fallait admettre, que hocher tristement la tête. « Si j'avais douté, tous mes doutes auraient maintenant disparu. Je vivais avec l'atroce vérité, mais maintenant elle ne s'est que trop refermée sur moi. Bien sûr, je vous ai perdue. Je suis intervenue, et vous avez conçu, sous *sa* dictée » – à ces mots, je fis face à nouveau, par-delà l'étang, à notre témoin infernal – « le moyen parfaitement simple d'y répondre. J'ai fait de mon mieux, mais je vous ai perdue. Adieu. »

---

1. Voir p. 162, note 1.

À Mrs Grose, je lançai un « Partez, partez » impératif, presque forcené, devant lequel, avec une infinie détresse, mais prenant possession de la petite fille en silence, et visiblement convaincue, en dépit de sa cécité, que quelque chose d'effroyable était arrivé et que quelque cataclysme nous engloutissait, elle battit en retraite, par le chemin d'où nous étions venues, du plus vite qu'elle put.

De ce qui se passa ensuite quand je me retrouvai seule, je n'ai aucun souvenir. Je me souviens seulement qu'au bout de, je suppose, un quart d'heure, une odeur d'humidité et une sensation de rugosité insinuèrent dans ma détresse un frisson glacé et me firent comprendre que j'avais dû me jeter face contre terre et m'abandonner à mon chagrin éperdu. J'avais dû rester étendue là longtemps à pleurer et gémir car, quand je relevai la tête, la journée était presque finie.

Je me levai et regardai un moment, dans le crépuscule, l'étang gris et ses rives désertiques et hantées, puis je pris le lugubre et douloureux chemin du retour. Quand j'atteignis l'ouverture dans la palissade, le bateau, à ma grande surprise, n'était plus là, ce qui me fournit de nouvelles réflexions sur l'extraordinaire maîtrise qu'avait Flora de la situation. Elle passa la nuit, selon un arrangement tacite et, ajouterais-je si le mot n'était pas si grotesquement incongru, des plus heureux, avec Mrs Grose. Je ne vis ni l'une ni l'autre à mon retour, mais, par contre, comme par une sorte de compensation ambiguë, je vis beaucoup Miles. Je « vis » même – je ne peux user d'un autre terme – beaucoup de lui, tant que cela prit une signification que cela n'avait jamais eue auparavant. Aucune soirée à Bly ne devait s'avérer aussi sinistre que celle-ci, en

dépit de quoi – et en dépit aussi de l'abîme de consternation ouvert sous mes pas –, il y avait littéralement,
dans le reflux des événements, une extrême douceur
désespérée. En arrivant à la maison, je n'avais pas
cherché le garçon, j'étais simplement allée tout droit à
ma chambre pour me changer, et pour constater d'un
coup d'œil maints témoignages tangibles de ma rupture
avec Flora. Toutes ses petites affaires avaient été enle-
vées. Quand, plus tard, près du feu de la salle d'étude,
la servante habituelle me servit le thé, je ne me livrai
à aucune investigation concernant mon autre élève.
Il avait sa liberté maintenant, il pouvait en faire ce qu'il
voulait. De fait, il l'avait vraiment et il en usa, du
moins en partie, pour venir vers huit heures du soir et
rester là aussi avec moi, en silence. Quand on avait
débarrassé le thé, j'avais soufflé les bougies et tiré ma
chaise plus près du feu : j'éprouvais un froid mortel et
j'avais l'impression que je ne pourrais plus jamais me
réchauffer.

Aussi, quand il entra, j'étais assise dans la lueur de
la flamme, plongée dans mes pensées. Il resta un
moment près de la porte à me regarder, puis, comme
pour les partager, il s'approcha de l'autre côté de l'âtre
et se laissa tomber sur une chaise. Nous restâmes assis
là dans une immobilité absolue, mais, je le sentais, il
désirait être avec moi.

XXI

Avant qu'un nouveau jour, dans ma chambre, ne se fût complètement levé, mes yeux s'ouvrirent sur Mrs Grose qui était venue à mon chevet avec les pires nouvelles. Flora avait manifestement une telle fièvre qu'une maladie était peut-être imminente ; elle avait passé une nuit extrêmement agitée, agitée surtout par des frayeurs dont l'objet n'était nullement son ancienne gouvernante, mais bien l'actuelle. Ce n'était pas contre une éventuelle nouvelle entrée en scène de Miss Jessel qu'elle s'insurgeait, c'était, explicitement et véhémentement, contre la mienne. Je fus sur pied d'un bond, avec une foule de questions, d'autant plus de questions que ma compagne s'était visiblement « ceint les reins » en prévision de notre nouvelle rencontre. Je le sentis aussitôt que je lui eus demandé ce qu'elle pensait de la sincérité de l'enfant par rapport à la mienne. « Elle persiste à nier devant vous qu'elle voyait, ou qu'elle ait jamais vu quoi que ce soit ? »

La gêne de ma visiteuse était assurément très grande.

« Ah, Mademoiselle, ce n'est pas un sujet sur lequel je peux beaucoup la pousser. Ce n'est pourtant pas non plus, je peux le dire, qu'il lui en faudrait beaucoup.

Tout cela l'a beaucoup vieillie, à tous les points de vue.

— Oh, je la vois parfaitement d'ici. Elle joue sa petite "grande dame" et ne tolère pas qu'on mette en doute sa sincérité, voire sa respectabilité. Vraiment, elle, avoir affaire avec une Miss Jessel ! Ah, ça, pour être "respectable", elle l'est, cette effrontée ! L'impression qu'elle m'a donnée hier là-bas, je vous assure, était de la plus grande étrangeté, elle surpasse de loin toutes les autres. J'avais mis les pieds dans le plat, voilà ! Elle ne m'adressera plus jamais la parole. »

Tout cela était affreux et ténébreux, et laissa Mrs Grose silencieuse un court instant, puis elle abonda si franchement dans mon sens que, j'en étais sûre, cela cachait bien des choses. « Je crois effectivement, Mademoiselle, qu'elle ne le fera plus jamais. Elle le prend de très haut quand on aborde ce sujet.

— Et ce refus hautain, résumai-je, est en fait le nœud du problème avec elle maintenant. »

Ce refus hautain, je pouvais bien le voir sur le visage de ma visiteuse, et pas mal d'autres choses ! « Elle me demande toutes les trois minutes si je pense que vous risquez de venir.

— Je vois, je vois. » J'avais aussi de mon côté dépassé le stade des supputations sur tout cela. « Vous a-t-elle dit, depuis hier, autrement que pour répudier tout rapport avec quelque chose d'aussi abominable, un seul mot concernant Miss Jessel ?

— Pas un seul. Et, bien sûr, vous savez, Mademoiselle, ajouta mon amie, à l'en croire, près du lac, au moins à cet endroit et à ce moment, il n'y avait réellement personne.

— Comment donc ! Et naturellement, vous la croyez toujours ?

— Je ne la contredis pas. Que puis-je faire d'autre ?

— Rien du tout ! Vous avez affaire à la plus intelligente petite personne qui soit. Ils les ont rendus – je veux dire, leurs deux amis – encore plus intelligents que ne les avait faits la nature. C'était d'ailleurs un remarquable matériau à travailler. Flora a maintenant son sujet de plainte, et elle l'exploitera jusqu'au bout !

— Certainement, Mademoiselle, mais jusqu'à quel bout ?

— Eh bien, en parlant de moi à son oncle. Elle va me faire passer auprès de lui pour la plus infâme des créatures ! »

Je frissonnai en voyant se peindre exactement la scène sur le visage de Mrs Grose. Elle parut un instant les voir distinctement tous les deux ensemble. « Et lui qui pense tellement de bien de vous !

— Il a une bien curieuse façon, je m'en rends compte maintenant, de le prouver ! Mais c'est sans importance. Ce que Flora veut, bien sûr, c'est se débarrasser de moi. »

Ma compagne surenchérit bravement. « Ne jamais plus même simplement vous voir.

— De sorte que ce que vous êtes venue faire maintenant, demandai-je, est me souhaiter bon voyage ? » Cependant, avant qu'elle n'eût le temps de me répondre, je la contrai. « J'ai une meilleure idée, c'est le résultat de mes réflexions. Partir pourrait paraître la meilleure chose à faire, et dimanche, j'en étais bien près. Mais ce n'est pas ce qu'il faut. C'est vous qui devez partir. Vous devez emmener Flora. »

À ces mots, ma visiteuse eut l'air effaré. « Mais où, grands dieux ?

— Loin d'ici. Loin d'eux. Loin, par-dessus tout, maintenant, de moi. Directement chez son oncle.

— Uniquement pour cafarder sur votre compte ?

— Non, pas "uniquement". Pour me laisser, en plus, avec le remède à mes maux. » Elle était encore un peu perdue. « Et quel est le remède à vos maux ?

— Votre loyauté d'abord. Et celle de Miles. »

Elle me regarda intensément. « Vous pensez qu'il…

— Qu'il ne se tournera pas contre moi s'il en a l'occasion ? Oui, je persiste à le penser. En tout cas, je veux essayer. Partez avec sa sœur aussitôt que possible, et laissez-moi seule avec lui. » J'étais moi-même stupéfaite du cran que j'avais encore en réserve et, par conséquent, d'autant plus déconcertée par la manière dont, en dépit du brillant exemple que j'en donnais, elle hésitait. « Une chose encore, bien sûr, continuai-je : ils ne doivent pas, avant qu'elle ne parte, se voir tous les deux, fût-ce trois secondes. » Je pensai alors brusquement qu'en dépit du probable isolement de Flora depuis son retour de l'étang, il pouvait être déjà trop tard. « Ne me dites pas qu'ils se sont déjà rencontrés ! »

À ces mots, elle s'empourpra. « Ah, Mademoiselle, je ne suis pas aussi stupide que cela ! Si j'ai dû la laisser deux ou trois fois, ça a été chaque fois avec une des servantes et maintenant, où elle est toute seule, la porte est soigneusement fermée à clef. Mais… Mais… » Les choses se bousculaient trop.

« Mais quoi ?

— Eh bien, êtes-vous si sûre du petit monsieur ?

— Il n'y a que vous dont je sois sûre. Mais j'ai, depuis hier soir, un nouvel espoir. Je crois qu'il cherche un moyen de s'en sortir avec moi. Je crois vraiment, l'adorable pauvre petit malheureux, qu'il désire parler. Hier soir, en silence, à la lueur du feu, il est resté assis avec moi pendant deux heures comme si c'était sur le point de venir. »

Mrs Grose regardait fixement par la fenêtre le jour gris naissant. « Et c'est venu ?

— Non, bien que j'aie attendu encore et encore, je dois avouer que ce n'est pas venu, et c'est sans que le silence ait été rompu, et sans même la plus petite allusion à l'état de sa sœur et à son absence, que nous nous sommes à la fin embrassés en guise de bonsoir. Toutefois, continuai-je, je ne peux pas, si son oncle la voit, elle, accepter qu'il voie son frère sans que j'aie donné au garçon – surtout au triste point où en sont arrivées les choses – un peu plus de temps. »

Mon amie parut à ce sujet plus réticente que je ne pouvais réellement le comprendre. « Que voulez-vous dire par "plus de temps" ?

— Eh bien, un jour ou deux pour qu'il arrive vraiment à le dire. Alors, il sera de mon côté, ce dont vous mesurez l'importance. Si rien ne vient, j'aurai simplement échoué et, au pis, vous m'aiderez en faisant dès votre arrivée en ville tout ce qui vous paraît possible. » Je lui présentai ainsi les choses, mais elle continuait si visiblement à se perdre un peu dans d'autres arguments que je vins à nouveau à son aide. « À moins, bien sûr, finis-je par dire, que vous ne vouliez vraiment pas y aller. »

Je pus voir sur son visage que cela était clair maintenant pour elle ; elle me tendit la main comme pour sceller un engagement. « J'irai, j'irai. J'irai ce matin même. »

Je voulus être parfaitement équitable. « Si vous désirez vraiment attendre encore, de mon côté, je m'engagerai à ce qu'elle ne me voie pas.

— Non, non ; c'est l'endroit en lui-même. Il faut qu'elle le quitte. » Elle me fixa un moment avec des yeux pensifs, puis lâcha le reste. « Votre idée est la bonne. Moi-même, Mademoiselle…

— Eh bien ?

— Je ne peux pas rester. »

Le regard qu'elle me lança me fit envisager d'un coup toutes les suppositions. « Vous voulez dire que, depuis hier, vous avez vu… »

Elle secoua la tête avec dignité. « J'ai entendu.

— Entendu ?

— Dans la bouche de cette enfant… Des horreurs ! Vraiment ! » Elle soupira, tragiquement soulagée. « Sur mon honneur, Mademoiselle, elle dit des choses… » Mais à cette évocation, elle perdit son sang-froid, elle s'effondra en pleurant sur mon divan et, comme je l'avais déjà vue faire auparavant, donna libre cours à son angoisse.

Ce fut d'une tout autre manière que, pour ma part, je me laissai aller. « Oh, Dieu soit loué ! » Elle se releva d'un bond à ces mots, s'essuyant les yeux avec un gémissement. « Dieu soit loué ?

— Cela me donne tellement raison !

— C'est bien vrai, Mademoiselle. »

Je n'aurais jamais pu souhaiter un assentiment plus solennel, mais j'attendis encore. « Elle est si horrible ? »

Je vis ma compagne hésiter sur la manière de formuler les choses. « Réellement inconvenante.

— Et à mon sujet ?

— À votre sujet, Mademoiselle, puisqu'il faut bien vous le dire. Cela dépasse tout, de la part d'une jeune demoiselle, et je n'arrive pas à comprendre où elle a bien pu ramasser…

— Le langage effroyable dont elle use à mon endroit ? Moi, j'y arrive, figurez-vous ! » coupai-je avec un rire qui était sans nul doute suffisamment clair.

Cela ne fit, en vérité, que rendre mon amie plus grave. « Certes, peut-être le pourrais-je aussi, puisque je l'ai pas mal entendu autrefois. Mais je ne peux pas le supporter, continua la pauvre femme, tout en jetant un coup d'œil, dans le même mouvement, au cadran de ma pendule, sur ma coiffeuse. Il faut que j'y aille. »

Je la retins pourtant. « Mais si vous ne pouvez pas le supporter…

— Comment puis-je rester avec elle, voulez-vous dire ? Eh bien, justement pour cette raison, pour l'emmener. Loin de tout cela, poursuivit-elle, loin d'eux…

— Elle peut être différente ? Libérée ? » Je l'empoignai avec une sorte de joie. « Alors, en dépit d'hier, vous y croyez ?

— À des choses comme ça ? » Sa description toute simple, à la lumière de l'expression de son visage, ne requérait pas de plus amples développements, et elle me livra toute sa pensée comme elle ne l'avait jamais fait auparavant : « J'y crois. »

Oui, c'était une vraie joie, et nous étions encore coude à coude : si je pouvais continuer à m'en sentir sûre, je me soucierais peu de ce qui pouvait arriver.

Mon soutien en présence du désastre égalerait le sien
lors de mes premiers besoins de confidences, et si mon
amie répondait de ma rectitude morale, je répondrais
de tout le reste. Au moment de prendre congé d'elle,
néanmoins, je me sentis un peu embarrassée. « Il y a
une chose, bien sûr, qu'il ne faut pas oublier. La lettre
où je donnais l'alarme aura atteint la ville avant vous. »

Je mesurai alors combien elle avait louvoyé
jusqu'alors et combien cela l'avait à la fin épuisée.
« Votre lettre n'y sera pas arrivée. Votre lettre n'est
jamais partie.

— Mais qu'est-ce qui lui est arrivé ?

— Dieu seul le sait ! Monsieur Miles…

— Vous voulez dire que c'est lui qui l'a prise ? »
haletai-je.

Elle hésita, puis vainquit sa répugnance. « Je veux
dire qu'hier, quand je suis revenue avec Mademoiselle
Flora, j'ai vu qu'elle n'était plus là où vous l'aviez
posée. Plus tard dans la soirée, j'ai eu l'occasion de
questionner Luke, et il m'a dit qu'il ne l'avait pas
remarquée et qu'il n'y avait pas touché. » Là-dessus,
nous ne pûmes que sonder nos pensées mutuelles en
échangeant un de nos plus profonds regards, et ce fut
Mrs Grose qui la première remonta la sonde avec un
« Vous voyez ! » presque jubilant.

« Oui, je vois que si c'est Miles qui l'a prise, il
l'aura probablement lue et déchirée.

— Et vous ne voyez rien d'autre ? »

Je la contemplai un moment avec un sourire triste.
« Je constate que maintenant, vos yeux sont encore
plus grands ouverts que les miens. »

Ils l'étaient, en vérité, mais elle rougissait presque
encore de le montrer. « Je comprends maintenant ce

qu'il doit avoir fait au collège. » Et, dans sa naïve perspicacité, elle eut un hochement de tête de désillusion presque cocasse. « Il a volé ! »

J'y réfléchis. J'essayais d'être impartiale. « Oui… peut-être… »

Elle sembla me trouver d'un calme inattendu. « Il a volé des lettres. »

Elle ne pouvait connaître les raisons de ce calme, d'ailleurs de pure surface, de sorte que je les lui exposai de mon mieux. « J'espère alors que c'était à meilleur escient que dans ce cas ! La missive que j'ai posée sur la table hier, en tout cas, lui aura été d'un si faible profit – elle ne contenait qu'une simple demande d'entretien – qu'il est déjà très honteux d'avoir été aussi loin pour si peu, et que ce qui le préoccupait l'autre soir était précisément le besoin de s'en confesser. » Je me donnai à moi-même en cet instant l'impression d'avoir dominé la question, de tout voir clairement. « Laissez-nous, laissez-nous ». J'étais déjà sur le pas de la porte, la pressant de partir. « Je le ferai parler. Il me cédera. Il se confessera. Et s'il se confesse, il est sauvé. Et s'il est sauvé…

— Alors vous l'êtes aussi. » La chère femme m'embrassa sur ces mots et nous nous dîmes adieu. « Je vous sauverai sans lui ! » s'écria-t-elle en s'en allant.

XXII

Mais ce fut quand elle fut partie – et elle me manqua
sur-le-champ – que survint réellement le moment critique. Quoi que j'eusse escompté gagner à me retrouver
seule avec Miles, je me rendis vite compte que j'y
gagnerais au moins un point de comparaison. Nulle
heure de mon séjour ne fut plus assaillie de craintes
que celle où je descendis pour apprendre que la voiture
emportant Mrs Grose et ma plus jeune élève avait déjà
franchi les grilles. Maintenant, me dis-je, j'étais vraiment face à face avec les éléments, et une grande partie
de la journée, tout en luttant contre ma faiblesse, je pus
m'apercevoir que j'avais été suprêmement téméraire.
C'était une situation plus difficile encore que celles
que j'avais affrontées jusqu'à maintenant, d'autant
que, pour la première fois, je pouvais lire dans l'attitude des autres un vague reflet de la crise. Naturellement, ce qui était arrivé les avait tous ébahis : il y avait,
quoi que nous ayons pu laisser entendre, trop d'inexplicable dans l'acte soudain de ma compagne. Serviteurs et servantes semblaient ahuris, ce qui eut pour
effet d'aggraver l'état de mes nerfs jusqu'à ce que je
m'avise de tirer profit de leur désarroi. En bref, c'était
seulement en me cramponnant fermement à la barre
que j'éviterais le naufrage total ; et je dois dire que

pour ne pas me laisser complètement abattre, je devins ce matin-là très hautaine et très sèche. Je pris avec gratitude conscience des lourdes tâches qui m'incombaient, ce que je fis savoir, tout comme le fait qu'ainsi livrée à moi-même, je témoignais d'une remarquable fermeté d'âme.

Je parcourus toute la demeure de long en large, avec des airs d'importance, pendant les une ou deux heures qui suivirent, donnant assurément le sentiment que j'étais prête à soutenir n'importe quel assaut. Ainsi paradais-je, au bénéfice de quiconque pouvait s'y intéresser, la mort dans l'âme.

La personne que cela parut intéresser le moins s'avéra être, jusqu'au dîner, le petit Miles lui-même. Mes déambulations, le temps qu'elles avaient duré, ne m'avaient pas permis de l'entrevoir, mais elles avaient eu pour conséquence de rendre plus ostensible le changement de notre relation comme suite logique de la manière dont, au piano, le jour précédent, au profit de Flora, il m'avait maintenue là, si sottement docile et dupée. La claustration et le départ de Flora avaient bien sûr reçu une large publicité, et le changement de relation en lui-même était maintenant signifié par notre abandon du rituel de la salle d'étude. Miles avait déjà disparu quand, en descendant, j'avais entrouvert sa porte, et j'appris en bas qu'il avait pris son petit déjeuner en présence de deux servantes, avec Mrs Grose et sa sœur. Il était ensuite sorti, avait-il dit, pour une promenade : rien, pensai-je, n'aurait pu manifester plus explicitement son opinion sur l'abrupte transformation de ma fonction. Ce en quoi, avec son aval, consisterait cette fonction restait encore à déterminer : il y avait au moins un curieux soulagement – je veux dire, pour moi en particulier – à renoncer à une de mes prétentions. Parmi tant de choses qui avaient fait surface, il n'est pas trop fort de dire que ce qui avait fait surface avec le plus de netteté était l'absurdité de prolonger la fiction convenue selon laquelle j'avais encore quelque chose à lui apprendre. Il était assez évident que, au moyen de petites astuces tacites où, plus que moi-même, il témoignait de son souci de ma dignité, j'avais dû le supplier de me dispenser de m'échiner à le suivre sur le terrain de ses capacités réelles.

En tout cas, il avait sa liberté maintenant, et je n'y toucherais plus jamais, comme je l'avais d'ailleurs amplement signifié quand, lorsqu'il m'avait rejointe le soir précédent dans la salle d'étude, je m'étais refusée, au sujet de l'emploi de son temps l'après-midi, à toute provocation ou insinuation. Dès ce moment, j'avais mon autre idée. Pourtant, quand il arriva enfin, la difficulté à l'appliquer, l'accumulation des problèmes à résoudre me furent clairement démontrées par la beauté de cette petite présence, sur laquelle ce qui était arrivé n'avait encore, pour l'œil, laissé ni tache ni ombre.

Pour notifier à la maisonnée l'éminente position dont je cultivais l'apparence, j'avais décrété que mon repas avec le garçon devrait être servi, comme nous disions, « en bas », de sorte que je l'avais attendu dans la pompe pesante de cette pièce derrière la fenêtre de laquelle j'avais reçu de Mrs Grose, ce premier dimanche de frayeur, une lueur de ce qu'il ne serait guère approprié d'appeler des « lumières ». Là, à présent, je sentais à nouveau – car je l'avais senti maintes et maintes fois – combien mon équilibre dépendait du succès d'un exercice de volonté obstiné, la volonté de fermer les yeux aussi fort que possible sur la vérité, à

savoir que ce à quoi j'avais affaire était scandaleuse-
ment contre nature. Mais je ne pouvais continuer qu'en
incluant la notion de « naturel » dans ma perspective
et en m'y fiant, donc en considérant ma monstrueuse
épreuve comme une incursion dans une direction certes
inhabituelle et déplaisante, mais n'exigeant somme
toute, pour y faire front vaillamment, que de donner
un tour supplémentaire à l'écrou de l'ordinaire vertu
humaine[1].

Néanmoins, aucune tentative ne pouvait requérir
plus de savoir-faire que précisément celle de fournir à
soi seul la totalité du *naturel*. Comment pouvais-je
fournir fût-ce une once de cet ingrédient en supprimant
toute référence à ce qui était arrivé ?

Mais comment, d'un autre côté, pouvais-je y faire
référence sans plonger à nouveau dans de hideuses
ténèbres ? Disons qu'une sorte de réponse, après un
moment, m'était apparue, et il me fut amplement
confirmé que j'étais sur la bonne voie, incontestablement, par la vision stimulante de ce qui était exceptionnel chez mon petit compagnon. C'était vraiment
comme si, même maintenant – et comme il l'avait si
souvent fait pour les leçons –, il avait trouvé une nouvelle manière délicate de desserrer l'étau. N'y avait-il
pas une lueur dans un fait qui, dans notre solitude

---

1. Ce passage paraît un commentaire implicite de la célèbre
phrase d'Horatio dans *Hamlet* : « Il y a plus de choses dans le ciel
et sur la terre, Horatio, que n'en rêve votre philosophie. » Qu'est-ce
qui est « naturel », « contre nature » – au-delà, bien sûr, des « apparitions », dont la dimension métaphorique est clairement signifiée ?
Mais métaphorique de quoi ? Du mal, sans doute, mais encore ?
Ce n'est évidemment pas un hasard si James reprend ici le titre
exact de son récit.

partagée, se mit à briller d'un nouvel éclat fallacieux, à savoir (l'occasion aidant, cette précieuse occasion qui était maintenant venue) qu'il serait absurde, avec un enfant si doué, de renoncer à l'aide qu'on pouvait obtenir, fût-ce de force, de l'absolue intelligence ? À quelle autre fin que de le sauver son intelligence lui avait-elle été donnée ? N'était-il pas licite, pour atteindre son esprit, de tenter un coup de force au risque de molester son caractère ? C'était comme si, tandis que nous étions face à face dans la salle à manger, il m'avait littéralement indiqué le chemin. Le gigot était sur la table et j'avais congédié la servante. Miles, avant de s'asseoir, se tint un moment debout, les mains dans les poches, et regarda la pièce de viande, sur laquelle il parut sur le point d'émettre un jugement humoristique. Mais ce qu'il dit alors fut : « Dites-moi, ma chère, est-elle vraiment très gravement malade ?

— La petite Flora ? Pas si malade qu'elle ne se sente bientôt mieux. Londres la remettra sur pied. Bly avait cessé de lui convenir. Venez vous servir de gigot. »

Il m'obéit promptement, rapporta précautionneusement son assiette à sa place et, quand il fut installé, continua : « Bly a-t-il cessé de lui convenir si brutalement, tout d'un coup ?

— Pas si soudainement que vous pouvez le penser. On le voyait venir.

— Alors pourquoi ne l'avez-vous pas fait partir avant ?

— Avant quoi ?

— Avant qu'elle ne soit trop malade pour voyager. »

J'eus, estimai-je, la repartie vive. « Elle n'est pas trop malade pour voyager ; elle aurait seulement pu le devenir si elle était restée. C'était exactement le moment à saisir. Le voyage dissipera l'influence mauvaise – oh ! j'étais grandiose – et la fera disparaître.

— Je vois, je vois. » Miles, en la circonstance, fut également grandiose. Il commença son repas avec les charmantes « bonnes manières de table » qui, depuis le jour de son arrivée, m'avaient dispensée de toute admonestation vulgaire. Quelle que soit la raison pour laquelle il avait été renvoyé de l'école, ce n'était pas pour mauvaise tenue à table. Aujourd'hui, comme toujours, il était irréprochable, mais il était incontestablement plus préoccupé. Il essayait visiblement de prendre comme allant de soi plus de choses qu'il n'en pouvait aisément admettre sans aide, et il tomba dans un silence paisible pendant qu'il jaugeait la situation. Notre repas fut des plus rapides – le mien, un simple simulacre – et je fis immédiatement desservir. Pendant ce temps, Miles était à nouveau debout, les mains dans les poches, me tournant le dos ; il se tenait là et regardait dehors à travers la large fenêtre par laquelle, cet autre jour, j'avais vu ce qui m'avait pétrifiée. Nous demeurâmes silencieux le temps où la servante fut avec nous, aussi silencieux, pensai-je de façon incongrue, qu'un couple de jeunes mariés[1] qui, en voyage de noces, dans une auberge, se sentent gênés en présence du serveur. Il ne se retourna que lorsque le « serveur » nous eut quittés : « Eh bien, nous voilà donc seuls. »

---

1. Qu'on se souvienne du « elle s'engagea » du tout début du texte, face au jeune homme de Harley Street (voir p. 29, note 1).

XXIII

« Oh, plus ou moins, dis-je avec, j'imagine, un pâle sourire. Pas totalement. Nous n'aimerions guère cela ! continuai-je.

— Non… Je suppose que non. Bien sûr, il y a les autres.

— Il y a les autres… il y a évidemment les autres, acquiesçai-je.

— Mais bien que nous les ayons, répliqua-t-il, toujours les mains dans les poches et planté là devant moi, ils ne comptent pas beaucoup, n'est-ce pas ? »

Je restai impassible, mais je sentais que j'étais blême.

« Tout dépend de ce que vous appelez "beaucoup".

— Oui, concéda-t-il, tout dépend. » Sur ces mots, il se retourna et, absorbé, se dirigea à nouveau vers la fenêtre d'un pas indécis et soucieux. Il resta là un certain temps, le front contre la vitre, à contempler les éternels stupides parterres et le paysage lugubre de novembre. J'avais toujours le recours hypocrite de mon « ouvrage », à l'abri duquel je gagnai le sofa. Puisant dans cet alibi quelque fermeté, comme je l'avais si souvent fait aux heures de torture que j'ai décrites, telles ces heures où je savais que les enfants étaient livrés à quelque chose dont j'étais exclue, je m'apprêtais, selon mon habitude, au pire. Mais une extraordinaire impression me submergea comme j'assignais un sens au dos embarrassé du garçon – rien de moins que l'impression que maintenant, je n'étais plus exclue. En quelques minutes, la conclusion s'imposa avec une acuité intense et se lia à la perception tangible que c'était en fait lui qui l'était.

Les encadrements géométriques de la grande fenêtre figuraient pour lui une sorte d'image de son échec. En toute hypothèse, je le savais, il était enfermé ou empêché. Il était admirable, mais mal à l'aise ; je m'en rendis compte avec un élan d'espoir. Ne cherchait-il pas des yeux, par la fenêtre hantée, quelque chose qu'il ne pouvait pas voir… et n'était-ce pas la première fois dans toute cette affaire qu'il connaissait une telle faillite ? La première, la toute première : j'y vis un merveilleux présage. Cela le rendait anxieux, bien qu'il se surveillât ; il avait été anxieux toute la journée, et même quand, à table, il avait fait preuve de ses exquises manières, il avait dû en appeler à tout son étrange petit génie pour le masquer. Quand, à la fin, il se retourna vers moi, ce fut presque comme si ce génie l'avait abandonné. « Eh bien, je crois que je suis heureux que Bly me convienne à moi !

— Vous en avez certainement vu, ces dernières vingt-quatre heures, plus que jamais auparavant. J'espère, continuai-je bravement, que vous vous êtes bien amusé ?

— Oh, oui, j'ai été très loin ; dans tous les alentours, à des miles et des miles d'ici. Je n'avais jamais été si libre. »

Il avait vraiment un style qui lui était propre, et je ne pouvais que tenter de me maintenir à son niveau. « Et vous aimez cela ? »

Il était là, souriant ; mais à la fin il me signifia en deux mots – « Et vous ? » – plus de réserve distante que je n'avais jamais entendu deux mots en recéler. Pourtant, avant que j'aie eu le temps de me reprendre, il enchaîna comme s'il avait eu le sentiment d'une impertinence qu'il fallait atténuer. « Rien ne pourrait être plus aimable que la manière dont vous le prenez, car enfin, si nous sommes tous deux seuls maintenant, c'est vous qui l'êtes le plus. Mais j'espère, ajouta-t-il, que vous ne vous en souciez pas tellement !

— D'avoir à faire avec vous ? demandai-je. Mon cher enfant, comment pourrais-je ne pas m'en soucier ? Bien que j'aie renoncé à revendiquer votre compagnie – tant vous êtes au-delà[1] de moi –, elle ne m'en est pas moins précieuse. Pour quoi d'autre resterais-je ? »

Cette fois, il me regarda en face, et l'expression de son visage, très grave maintenant, me frappa comme la plus belle que je lui eusse vue. « Vous ne restez que pour cela ?

— Certainement. Je reste en tant qu'amie, mue par le prodigieux intérêt que je vous porte, jusqu'à ce qu'il puisse être fait pour vous quelque chose qui en vaille davantage la peine. Cela ne doit pas vous surprendre. » Ma voix tremblait tellement qu'il m'était impossible d'en supprimer l'émoi. « Ne vous souvenez-vous pas que je vous ai dit, quand je suis venue m'asseoir au bord de votre lit la nuit de l'orage, qu'il n'y avait rien au monde que je ne fisse pour vous ?

— Oui, oui. » Lui aussi, de son côté, de plus en plus visiblement anxieux, devait maîtriser son timbre

---

1. Le terme anglais a, comme en français, un double sens, spatial (au-dessus) et métaphysique (l'au-delà – *the Great Beyond*).

de voix, mais il y était tellement plus habile que moi que, riant ostensiblement au travers de sa gravité, il pouvait laisser accroire que nous ne faisions qu'aimablement plaisanter. « Si ce n'est, me semble-t-il, que c'était pour obtenir que je fasse quelque chose pour vous !

— C'était en partie pour obtenir que vous fassiez quelque chose, concédai-je. Mais, voyez-vous, vous ne l'avez pas fait.

— C'est vrai, dit-il avec le plus vif entrain apparent, vous vouliez que je vous dise quelque chose ?

— C'est cela. Franchement, sans ambages. Ce que vous aviez en tête, voyez-vous…

— Ah, alors, c'est pour cela que vous êtes en fin de compte restée ? »

Il parlait avec une gaieté au travers de laquelle je pouvais encore discerner le léger tremblement d'un ressentiment indigné ; mais je ne puis pas même donner l'idée de l'effet que produisit sur moi l'insinuation, même aussi ténue, d'une possible reddition. C'était comme si ce que j'avais tant appelé de mes vœux ne survenait enfin que pour me frapper de stupeur. « Eh bien, oui, je peux aussi bien l'avouer. C'était exactement pour cela. »

Il se tut si longtemps que je lui imputai le dessein de révoquer les présomptions sur lesquelles j'avais fondé mon attitude, mais ce qu'il dit enfin fut : « Voulez-vous dire ici… et maintenant ?

— Il ne pourrait y avoir meilleur lieu et meilleur moment. »

Mal à l'aise, il regarda autour de lui, et j'eus la rare et, ô combien, bizarre sensation du tout premier indice que j'aie jamais perçu en lui de l'imminence d'une

vraie frayeur. C'était comme si soudain je l'effrayais,
ce qui m'apparut d'un coup comme peut-être la meilleure chose à faire.

Pourtant, à l'apogée même de la tension, il me parut
vain d'user de sévérité, et je m'entendis l'instant
d'après dire avec une douceur qui frôlait le grotesque :
« Vous avez tellement envie de sortir à nouveau ?

— Terriblement ! » Il me souriait héroïquement, et
la touchante petite bravade de ce mot était rehaussée
par la rougeur de détresse qui l'envahissait. Il avait
saisi son chapeau, qu'il avait apporté, et il restait là à
le tourner, d'une manière qui me donna, même au
moment où j'allais juste atteindre le port, le sentiment
de l'horreur perverse de ce que j'étais en train de faire.

Ce que je faisais, de quelque façon qu'on le prenne,
était un acte de violence, car en quoi cela consistait-il
sinon à imposer l'idée d'une énormité dans le mal et
d'une culpabilité à une petite créature sans défense qui
avait été pour moi la révélation des possibilités de
merveilleux rapports ?

N'était-il pas vil de susciter chez un être aussi exquis
un malaise si peu conforme à sa nature ? Je suppose
que je déchiffre maintenant dans notre situation une
évidence qu'elle ne pouvait avoir eue à l'époque, car
je feins de voir nos pauvres yeux déjà éclairés de l'étin-
celle de l'angoisse à venir. Ainsi tournoyions-nous de
terreurs en réticences, lutteurs refusant le corps à corps.
Mais c'était pour l'autre que chacun craignait ! Cela
nous laissa un moment de plus en attente, indemnes.
« Je vous dirai tout, dit Miles. Je vous dirai tout ce que
vous voulez. Vous resterez avec moi, et tout ira bien
entre nous et, vraiment, je vous dirai tout... vraiment.
Mais pas maintenant.

— Pourquoi pas maintenant ? »

Mon insistance le fit se détourner de moi et le figea
une fois de plus à la fenêtre dans un silence partagé
où l'on aurait pu entendre une épingle tomber. Puis il
se planta devant moi avec l'air d'une personne que,
dehors, attendait quelqu'un avec qui il fallait compter :
« Il faut que je voie Luke. »

Je ne l'avais pourtant pas acculé à un mensonge
aussi misérable, et je m'en sentis honteuse à proportion. Mais, aussi horrible que ce fût, son mensonge
composa ma vérité. Je bouclai consciencieusement
quelques mailles de mon tricot.

« C'est bien, allez voir Luke, et j'attendrai que vous
teniez votre promesse. Mais en échange de cette per-
mission, avant que vous ne me quittiez, répondez juste
à une toute petite question. » Il parut se sentir assez
assuré de son succès pour pouvoir marchander encore
un peu : « Vraiment toute petite ? »

— Oui, juste un point de détail. Dites-moi… »
– Oh, mon ouvrage m'absorbait toute, et je lançai d'un
air dégagé : – « … si hier après-midi, sur la table dans
le hall, vous avez pris ma lettre. »

XXIV

Ma vigilance quant à la façon dont il recevait ces
mots fut pour un temps entamée par quelque chose que
je ne peux décrire que comme un bris violent de mon
attention – un choc qui d'abord, comme je me dressais
d'un bond, me réduisit à un simple geste aveugle, celui
de le saisir, de l'attirer vers moi et, tandis que je titubais
et cherchais appui sur le meuble le plus proche, instinctivement, de l'immobiliser le dos tourné à la fenêtre.
L'apparition à laquelle j'avais déjà eu à me confronter
fondait sur nous : Peter Quint se profilait comme une
sentinelle devant une prison. Je vis ensuite que, venant
de l'extérieur, il avait atteint la fenêtre et je sus alors
que, collé à la vitre et regardant intensément au travers,
il offrait une fois encore à la pièce sa face livide de
damné. C'est exprimer rudimentairement ce qui
m'envahit à cette vue que dire qu'en une seconde, ma
décision était prise ; mais je crois qu'aucune femme à
ce point bouleversée n'a jamais, en un si court délai,
recouvré la pleine maîtrise de l'acte lui-même. Il
m'apparut, dans l'horreur suprême de cette présence
immédiate, voyant ce que je voyais, affrontant ce que
j'affrontais, que cet acte devait viser à maintenir le
garçon dans l'ignorance. Mon inspiration – je ne puis

lui donner un autre nom – me fit sentir avec quelle force spontanée, transcendante, je le pouvais.

C'était comme disputer à un démon une âme humaine, et quand j'en eus pris la pleine mesure, je constatai que l'âme humaine en question, maintenue à bout de bras dans mes mains tremblantes, avait son exquis front enfantin tout emperlé de sueur.

Le visage qui était près du mien était aussi blême que le visage collé à la vitre ; il émit alors un son, ni étouffé ni faible, mais comme venu d'infiniment loin, que j'aspirai comme une bouffée de parfum :

« Oui, je l'ai prise. »

À ces mots, avec un gémissement de joie, je l'étreignis, je l'attirai contre moi ; et tandis que je le pressais contre ma poitrine, sentant dans son petit corps soudain enfiévré les battements fous de son petit cœur, je ne quittai pas des yeux la chose à la fenêtre, et je la vis bouger et changer de position. Je l'ai comparée à une sentinelle, mais sa lente volte évoqua plutôt, un instant, la frustration d'une bête rôdeuse. Ma courageuse ardeur en cet instant était telle que, pour ne pas trop la laisser transparaître, il me fallut, pour ainsi dire, en offusquer la flamme. Pendant ce temps, le visage sombrement scrutateur était toujours collé à la fenêtre, l'infâme regardait fixement, comme en attente. Ce fut une absolue confiance en mon aptitude à le défier maintenant, tout autant que la totale certitude que, pour l'instant, l'enfant était inconscient de sa présence, qui me permit de continuer. « Pourquoi l'avez-vous prise ?

— Pour voir ce que vous disiez de moi.

— Vous avez ouvert la lettre ?

— Je l'ai ouverte. »

Je l'écartai un peu de moi à nouveau, et fixai maintenant le visage de Miles où la disparition de toute expression railleuse me montra la ravageante étendue de son malaise. Le prodige était qu'enfin, grâce à mon action victorieuse, sa perception était empêchée, la communication interrompue : il savait qu'il était confronté à une présence, mais il ne savait pas laquelle, et moins encore que je l'étais aussi, mais que moi, je l'identifiais.

Mais de quelle importance étaient cette tension et ce trouble, puisque mes yeux ne se reportèrent vers la fenêtre que pour constater que la place était à nouveau vide et que, grâce à ma victoire personnelle, l'influence s'était évanouie ? Il n'y avait plus rien. Je sus que j'en étais la cause et que, à coup sûr, je pouvais tout obtenir. « Et vous n'avez rien trouvé ! » Je me laissai aller à mon exultation.

Il eut un petit hochement de tête infiniment pensif et désolé. « Rien.

— Rien, rien ! » J'en criais presque de joie.

« Rien, rien du tout », répéta-t-il tristement.

Je l'embrassai au front : il était trempé. « Et qu'en avez-vous fait ?

— Je l'ai brûlée.

— Brûlée ? » – C'était maintenant ou jamais. – « Est-ce cela que vous avez fait au collège ? »

Oh, ce que cette question fit lever ! « Au collège ?

— Avez-vous pris des lettres ?... Ou d'autres choses ?

— D'autres choses ? » Il semblait en cet instant s'efforcer d'évoquer quelque chose de très lointain qui n'atteignait sa conscience qu'en vainquant la pression de son angoisse. Pourtant, cela l'atteignit. « Vous me demandez si j'ai volé ? »

Je me sentis rougir jusqu'à la racine des cheveux, en même temps que je me demandais si le plus étrange était de poser à un gentleman une telle question, ou de le voir l'accepter avec une tolérance qui donnait l'exacte mesure de sa chute. « Est-ce pour cela que vous ne pouvez pas y retourner ? »

La seule chose qu'il manifesta fut une sorte de petite surprise morne. « Vous saviez que je ne pouvais pas y retourner ?

— Je sais tout. »

À ces mots, il me lança un long regard des plus étranges. « Tout ?

— Tout. Alors, aviez-vous… » Mais je ne pus répéter le mot.

Miles, lui, le put, avec une infinie simplicité. « Non, je n'ai pas volé. »

Mon visage devait lui avoir montré que je le croyais sans réserve, cependant mes mains – mais c'était pure tendresse – le secouèrent comme pour lui demander pourquoi, si tout cela était pour rien, il m'avait condamnée à des mois de torture. « Mais alors, qu'avez-vous fait ? »

Avec une expression de vague douleur, il leva les yeux vers le plafond de la pièce et chercha sa respiration, deux ou trois fois de suite, comme avec difficulté. On l'eût dit au fond de la mer, levant les yeux vers quelque pâle rayon crépusculaire. « Eh bien, j'ai dit des choses.

— Rien que cela ?

— Ils ont pensé que cela suffisait.

— Pour vous mettre à la porte ? »

En vérité, jamais quelqu'un de « mis à la porte » n'avait allégué de si faibles raisons que ce petit être. Il parut soupeser ma question, mais d'une manière tout à fait détachée et presque sans espoir. « Eh bien, je suppose que je n'aurais pas dû.

— Mais à qui les avez-vous dites ? »

À l'évidence, il essayait de se souvenir, mais il abandonna – il avait perdu le fil. « Je ne sais pas. »

Il me souriait presque dans la détresse de sa débâcle, qui était de fait en cet instant si complète que j'aurais dû en rester là. Mais j'étais ivre, j'étais aveuglée par la victoire, bien que, même alors, le simple fait de l'avoir amené si près fût déjà une nouvelle séparation. « Les avez-vous dites à tout le monde ? demandai-je.

— Non, seulement à… » Mais il eut un petit signe de tête douloureux. « Je ne me rappelle plus leurs noms.

— Étaient-ils si nombreux ?

— Non, seulement quelques-uns. Ceux que j'aimais bien. »

Ceux qu'il aimait bien ? J'eus l'impression de me mouvoir, non dans la clarté, mais dans une obscurité plus profonde et en un instant me saisit, venue de ma compassion même, l'épouvantable angoisse de sa possible innocence. Ce fut à l'instant anéantissant, abyssal, car s'il était vraiment innocent, grands dieux, qu'étais-je ? Paralysée un temps par le simple frôlement de la question, je relâchai un peu mon étreinte, de sorte que, avec un soupir venu de très loin, il s'éloigna à nouveau de moi ; ce à quoi je consentis, sentant bien, alors qu'il se tournait vers la fenêtre vide, qu'il n'y avait rien là désormais dont je dusse le préserver. « Et ils ont répété ce que vous aviez dit ? » continuai-je après un moment.

Il était déjà à quelque distance, le souffle toujours court, et à nouveau avec l'air, bien que maintenant sans courroux, d'être retenu contre son gré. Une fois de plus, comme il l'avait fait auparavant, il leva les yeux vers la pâle lueur du jour comme si, de ce qui l'avait naguère fortifié, ne restait qu'une indicible anxiété. « Oui, répondit-il néanmoins, ils doivent l'avoir répété. À ceux que, eux, ils aimaient bien », ajouta-t-il.

D'une certaine façon, c'était moins que je n'avais attendu. Je retournai tout cela. « Et ces choses sont revenues…

— Aux maîtres ? Oh, oui, répondit-il très simplement. Mais je ne savais pas qu'ils l'avaient dit.

— Les maîtres ? Ils ne l'ont pas dit. Ils ne l'ont jamais dit. C'est pourquoi je vous le demande… »

Il retourna vers moi son beau visage enfiévré. « Bien sûr, c'était trop mal.

— Trop mal ?

— Ce que j'ai dû dire parfois. Trop mal pour l'écrire à la maison. » Je ne peux décrire la délicate et pathétique contradiction que présentait un tel discours tenu par un tel interlocuteur ; je sais seulement que l'instant d'après, je m'entendis m'exclamer avec une familiarité véhémente : « Balivernes que tout cela ! » Mais l'instant d'après encore, ma voix dut sonner assez sévèrement. « Qu'étaient donc ces choses ? »

Toute ma sévérité s'adressait à son juge, à son bourreau, mais cela le fit se détourner à nouveau, mouvement qui simultanément me fit, moi, en un élan et avec un cri irrépressible, bondir droit sur lui. Car à nouveau, là, contre la vitre, comme pour flétrir sa confession et interdire sa réponse, se tenait la source hideuse de nos maux, la livide face de damné. J'éprouvai un vertige

nauséeux devant l'effondrement de ma victoire et le
reflux de mon combat, de sorte que la fureur de mon
véritable bond eut pour seul effet de me trahir sans
recours. Du cœur même de mon élan, je le sentis avoir
seulement une intuition et, certaine que même maintenant il ne faisait que deviner, et que la fenêtre était
encore vide à ses yeux scellés, je ne contins pas mon
impulsion pour que le comble de son épouvante se
muât en la preuve même de sa libération.

« Plus jamais, plus jamais, plus jamais ! » hurlai-je
au visiteur, tout en essayant de serrer l'enfant contre
moi.

« Elle est là ? » haleta Miles tout en suivant des yeux
la direction de mon cri. Puis, comme cet étrange
« elle » me pétrifiait et qu'avec un hoquet je le répétai :
« Miss Jessel, Miss Jessel ! » me renvoya-t-il avec une
soudaine fureur.

Je compris, stupéfaite, sa supposition – conséquence
de ce qui s'était passé avec Flora, mais je voulus lui
montrer que c'était encore bien mieux que cela. « Ce
n'est pas Miss Jessel. Mais c'est là, à la fenêtre, juste
devant nous. Là, cette lâche abomination, c'est là, pour
la dernière fois. »

À ces mots, après une seconde pendant laquelle il
fit de la tête le mouvement d'un chien ayant perdu la
piste, puis la secoua frénétiquement comme pour
happer l'air et la lumière, il se jeta sur moi, pâle de
rage, égaré, regardant vainement alentour et privé
– alors que moi, je la sentais, submergeant la pièce
comme un effluve empoisonné – de son immense présence.

« C'est *lui* ? »

J'étais si résolue à obtenir une preuve absolue que je me muai en statue de glace pour le provoquer. « Que voulez-vous dire par "lui" ?

— Peter Quint… démon que vous êtes ! » Son visage se tourna à nouveau vers la pièce, qu'il parcourut du regard dans une convulsive supplication. « *Où*, où donc ? »

Ils sonnent encore à mes oreilles, son suprême aveu du nom et son tribut à mon dévouement. « En quoi importe-t-il maintenant, mon petit à moi ? En quoi importera-t-il jamais ? C'est moi qui vous ai – je défiai la bête – et il vous a perdu pour toujours. » Puis, pour avérer mon ouvrage : « Là, là ! » dis-je à Miles.

Mais il s'était déjà précipité, il avait écarquillé les yeux, scruté encore et n'avait vu que le jour tranquille. Sous le coup de la disparition dont je m'enorgueillissais, il poussa le cri d'une créature près de basculer dans un abîme, et je le rattrapai dans une étreinte semblable à celle par laquelle je l'aurais saisi dans sa chute. Je le saisis, oui, et le tins, on peut imaginer avec quelle passion, mais au bout d'une minute, j'eus le soupçon de ce que je tenais vraiment. Nous étions seuls dans la paix du jour et son petit cœur, dépossédé, s'était arrêté.

ÉLÉMENTS DE CHRONOLOGIE

1843 – *15 avril*. Naissance de Henry James à New York. Fils de Henry James Sr. et de Mary Robertson Walsh, il est le deuxième de leurs cinq enfants. La fortune acquise par son grand-père, un émigré irlandais arrivé aux États-Unis en 1789, permet à la famille de vivre dans une grande aisance.

Dans sa jeunesse, James voyage sans cesse, avec ses parents, entre l'Europe et l'Amérique. Il reçoit son éducation de précepteurs à Genève, Londres, Paris, Bologne et Bonn. Dès l'adolescence, il lit les classiques des littératures anglaise, américaine, française et allemande, mais aussi les premières traductions des écrivains russes.

1860 – Retour aux États-Unis. Les James s'établissent en Nouvelle-Angleterre.

1861 – Début de la guerre de Sécession, qui durera jusqu'en 1865.

1862 – James commence à Harvard des études de droit, qu'il abandonne très vite pour se consacrer à la littérature.

1865 – *The Story of a Year*, la première nouvelle signée Henry James, paraît dans l'*Atlantic Monthly*, un magazine littéraire fondé à Boston en 1857.

1869 – Mort de Mary Temple, une cousine à laquelle il est très attaché. Nouveau voyage en Europe.

1872-1874 – Séjours à Paris, Londres, Rome.

1875 – Séjour à Paris. Il se lie d'amitié avec Tourgue-
niev. Il rencontre aussi Flaubert, Maupassant, Zola et
Daudet. L'*Atlantic Monthly* publie son roman *Rode-
rick Hudson,* qui inaugure le thème de la confrontation
des cultures européenne et américaine.

1876 – Installation à Londres, après quelques mois en
France.

1877 – *The American* (*L'Américain*).

1878 – *The Europeans* (*Les Européens*).

1879 – Publication de *Daisy Miller,* d'abord paru à Londres en feuilleton dans le *Cornhill Magazine* à partir de
juin 1878. C'est le premier grand succès de James, qui
installe sa renommée des deux côtés de l'Atlantique.

1881 – Voyage aux États-Unis. Publication de *Washington
Square* et de *The Portrait of a Lady* (*Portrait d'une
femme*).

1882 – Morts successives de la mère de James en janvier, et de son père en décembre.

1883 – Retour en Angleterre.

1884 – Sa sœur Alice, très dépressive, le rejoint à
Londres, où elle mourra en mars 1892.

1886 – *The Bostonians* (*Les Bostoniennes*).

1887 – Séjour en Italie.

1888 – *The Aspern Papers* (*Les Papiers de Jeffrey
Aspern*).

1895 – James se tourne vers le théâtre, mais sa pièce
Guy Domville, présentée au St James' Theatre à
Londres, est un échec.

1896 – *The Figure in the Carpet* (*Le Motif dans le tapis*).

1897 – *What Maisie knew* (*Ce que savait Maisie*) permet
à James de renouer avec le succès.

1898 – James s'installe dans le Sussex. Il publie *In the
Cage* (*Dans la cage*) et *The Turn of the Screw* (*Le
Tour d'écrou*).

1902 – *The Wings of the Dove* (*Les Ailes de la colombe*).

1903 – *The Ambassadors* (*Les Ambassadeurs*) ; *The Beast in the Jungle* (*La Bête dans la jungle*).

1904 – *The Golden Bowl* (*La Coupe d'or*). James revient aux États-Unis pour la première fois depuis vingt ans. Avant son retour en Angleterre en 1905, il met au point, avec les éditions Scribner, le projet d'une édition définitive de ses textes, *The Novels and Tales of Henry James, New York Edition*, qui comportera, à terme, vingt-six volumes. Il y travaillera longuement, remaniant certains de ses textes les plus anciens, et rédigeant de nombreuses préfaces (dont une pour *Le Tour d'écrou*).

1907 – Début de publication de l'édition de New York. Son peu d'écho sera pour James une profonde déception.

1915 – James, qui déplore le non-engagement des États-Unis dans la Première Guerre mondiale (les Américains n'interviendront qu'en 1917), demande et acquiert la nationalité britannique.

1916 – *28 février*. Mort de Henry James. Il aura écrit vingt-deux romans, dont deux demeurent inachevés, cent douze contes et nouvelles, quinze pièces de théâtre, et des dizaines d'essais ou de récits de voyage.

Table

Le Livre de Poche s'engage pour
l'environnement en réduisant
l'empreinte carbone de ses livres.
Celle de cet exemplaire est de :
250 g éq. CO$_2$
Rendez-vous sur
www.livredepoche-durable.fr

PAPIER À BASE DE
FIBRES CERTIFIÉES

Composition réalisée par PCA

Achevé d'imprimer en juin 2014 en France par
CPI BRODARD ET TAUPIN
La Flèche (Sarthe)
N° d'impression : 3006112
Dépôt légal 1re publication : mars 2014
Édition 02 – juin 2014
LIBRAIRIE GÉNÉRALE FRANÇAISE
31, rue de Fleurus – 75278 Paris Cedex 06